Conan de B
Laatste deel

Erika Sanders

Conan de Barbaar
Laatste Deel

Erika Sanders

serie
Conan de Barbaar Vol. 45 aan het einde

Samenvatting

Ontmoet de vrouwen in Conan's leven zoals je nog nooit eerder is verteld...

Na nieuwe avonturen en triomfen keren Conan en zijn groep terug naar de stad waar Tarantia nu woont.

Zal de terugkeer ervoor zorgen dat ze het avontuur missen? of zal het beter zijn dan verwacht?

Deze publicatie bevat de delen 45 t/m 48:

45 - Diana
46 - Yasimina
47 - Zula
48 - Valeria
Nawoord
(Alle personages zijn 18 jaar of ouder)

Opmerking voor de auteur:

Erika Sanders is een bekende internationale schrijfster, vertaald in meer dan twintig talen, die haar meest erotische geschriften, ver van haar gebruikelijke proza, ondertekent met haar meisjesnaam.

.

.

Inhoudsopgave:

CONAN DE BARBAR
LAATSTE DEEL
ERIKA SANDERS

HOOFDSTUK XXXXV
DIANA

Diana zat aan de rand van de fontein en zwaaide doelloos met haar benen terwijl ze de menigte voorbij zag komen, pratend met haar beste vriendin.

Ethelri was van haar leeftijd, achttien, en ze waren een paar straten verderop samen opgegroeid.

Ze hadden veel gemeen, beiden hadden een vader verloren; in het geval van Ethelri, een koopman uit het zuiden die op een dag gewoon nooit meer thuiskwam van een lange reis naar het buitenland.

Het was te zien aan haar blonde haar en grijze ogen, in tegenstelling tot de donkere tinten die meer typerend zijn voor Diana.

Zoals altijd hadden ze veel te zeggen over het komen en gaan van de buurt, het constante, bruisende leven van de stad om hen heen.

De middag was snel voorbij en nu ging de zon onder.

De lucht begon donker te worden, wat aangeeft dat de dag eindelijk voorbij was.

'Het wordt al laat,' zei Ethelri, die plotseling naast hem op de stenen richel ging zitten. 'Misschien kunnen we morgen verder gaan?'

'Ik kan niet naar huis,' zei Diana, terwijl ze naar haar voeten keek, 'nog niet.'

Het andere meisje fronste haar wenkbrauwen, een spottende blik op haar gezicht.

'Waarom niet? Is alles in orde?'

"Ja, ja ... geen probleem." Wat niet helemaal waar was. 'Wat ik bedoel is dat mijn moeder een gast heeft, en dat zou ze waarschijnlijk niet moeten doen, eh...' Ze zweeg even, niet wetend hoe ze dingen moest zeggen, vooral omdat ze er eigenlijk niet over wilde nadenken.

Ethelri's grijze ogen werden groot, maar begrepen de betekenis blijkbaar toch.

'Heeft je moeder een vriendje?' vroeg ze verbaasd, 'waarom heb je me dat niet eerder verteld?

Ze zei bijna: "Omdat hij een hellebaard is en echt lelijk, en ik heb echt gehoord dat ze seks hadden, wat walgelijk was, en ik begrijp niet waarom hij steeds terugkomt en waarom hij er zo blij uitziet hem te zien." ""

Dat zou allemaal waar zijn geweest, maar het was zoveel meer dan ik wilde delen.

Dus in plaats daarvan zei ze gewoon:

'Ik praat er liever niet over,' en Ethelri ving de blik op zijn gezicht en begreep duidelijk dat ze de zaak niet moest opdringen.

"Nou, wat ga je doen? Ik denk dat we buiten kunnen blijven, we zijn toch volwassen."

"Zal je bij me blijven?"

'Ja, natuurlijk. Waar zijn vrienden nog meer voor?'

'Dank je, Ethel,' zei ze stralend, 'dat waardeer ik echt.'

Het andere meisje sprong overeind.

Lang haar dat tot op haar schouders viel, contrasteerde met het groenblauwe van haar jurk en complementeerde de licht koperkleurige sjaal om haar nek.

"Dus wat doen we? Jij beslist!"

'Nou...' Hij stopte plotseling, zijn stem bevroren, terwijl hij een vreemd tintelend gevoel en een explosie van hitte tegen zijn borst voelde.

Het duurde even voordat hij besefte wat dat betekende, en toen hij dat deed, was er een duidelijke alarm op zijn gezicht.

"Wat is het?" vroeg Ethelri met plotseling ernstige stem.

"Mijn amulet!"

"Welk amulet?"

'Het is... het is iets dat mijn moeder voor me heeft gekocht,' ik wilde niet uitleggen hoe, vooral vanwege wat het inhoudt, 'het is magisch.'

'Jij? Heb je een magisch amulet? Wauw... laat het me zien.'

'Kijk,' zei hij, terwijl hij plotseling opstond. "Kijk, zie je, de betovering is dat het heet wordt als er een gevaarlijk iemand langskomt. Iemand die me kwaad kan doen. En dat is precies wat er nu gebeurt."

"Ben je...? Ja, natuurlijk meen je het. Oh mijn god... wat moeten we doen?"

Het andere meisje keek nu bang, nam Diana's angst in zich op en keek over het plein, hoewel er niets bijzonders leek te gebeuren.

'We moeten doorgaan tot het afgekoeld is. Dat zei ze.'

"Wat zei wie?"

'We hebben geen tijd. Kom op, Ethel!'

Instinctief draaide hij zich om naar de weg die naar zijn eigen huis leidde, het hare, maar terwijl hij dat deed, voelde hij het amulet nog heter worden.

Daar kwam het gevaar vandaan!

Hij pakte Ethelri's hand en trok hem de andere kant op.

"Volg mij deze kant op!"

Ze renden door de straat en gingen naar de markt. Het amulet werd koud toen ze het deed.

Tot nu toe, zo goed.

Nu was ze haar moeder dankbaar, ongeacht de omstandigheden waaronder ze het amulet ontving.

Het amulet werkte en vanavond liet het echt zijn waarde zien.

Plotseling stopte hij toen hij een nieuwe golf van hitte voelde van het amulet, dat nog sterker was dan voorheen.

Ze hield Ethelri's hand nog steeds vast en liet het andere meisje achter.

Zij was degene die voor hen zwichtte en keek naar Ethelri's grijze ogen die nu groot van verbazing waren, een woordeloze vraag op haar gezicht.

'Het gevaar komt ook van daarboven!'

Moet het amulet zo heet worden?

Het was duidelijk ongemakkelijk.

Maar hoe kan een dreiging tegelijkertijd uit twee verschillende richtingen komen?

Heeft hij haar op een of andere manier verraden?

Zora begreep dat ze een betrouwbaar persoon was, wat er die nacht ook was gebeurd... iets waar ze eigenlijk niet over wilde praten, zelfs niet met haar beste vriendin.

Een schreeuw van het front beantwoordde deze bezorgdheid.

Iemand rende naar hen toe en in de groeiende duisternis kostte het hem een seconde om te beseffen dat hij geen aanvaller was, hij rende ergens voor weg!

Er is echt iets verschrikkelijks gebeurd!

Is de stad aangevallen?

"Monsters! Ondoden! Lopende lijken!" schreeuwde de man, in een poging iedereen te waarschuwen die wilde luisteren.

Diana's hart sloeg bijna een slag over.

Geen wonder dat het amulet zo heet was!

En ze wilde echt geen lopend lijk zien.

Nog minder om door een aangevallen te worden.

"Wat doen we?" Ethelri kreunde en haar hand greep die van Diana nu stevig vast.

'In de steeg,' zei ze ademloos en trok haar vriendin die kant op.

Normaal gesproken zou een donker steegje niet de beste plek zijn om gevaar te vermijden, maar op dit moment had hij niet het gevoel dat hij veel opties had.

Ze wist niet zeker hoe lang het duurde voordat ze eindelijk ophielden met rennen.

Ik wist niet eens zeker waar ze waren.

Ze hadden verschillende steegjes genomen om hier te komen.

Ergens niet ver van de buitenwijken, dat was duidelijk, en waarschijnlijk aan de andere kant van wat ze het beste kende.

Elke plotselinge gebeurtenis die de ondoden onverwacht deed herrijzen, leek vooral de centrale delen van de stad te hebben getroffen, en het amulet had hem tot dusver verhinderd om een van de monsters tegen te komen.

Als ze niet aan de rand waren, zou dat betekenen dat haar moeder veilig zou zijn... en wat ze ook van Drog dacht, ze wist dat hij haar net zo goed kon beschermen als ieder ander die ze maar kon bedenken...

Voorlopig was het amulet in zijn normale toestand teruggekeerd zonder hem voor verdere gevaren te waarschuwen.

Hij leunde tegen de dichtstbijzijnde muur en hield zijn adem in terwijl Ethelri naast hem leunde.

'Voorlopig zijn we veilig...' hijgde hij.

Haar vriend knikte, nog steeds te hijgend om iets te zeggen.

Eindelijk ging hij rechtop staan, zijn lange haar in de war en zweet op zijn voorhoofd.

"Waar we zijn?"

"Ik weet het niet." Hij keek naar het gebouw waar ze naast de muur stonden. 'Mooi huis... en die daarginds,' zwaaide hij aan de overkant, 'zijn ook niet slecht. Het ziet er echter niet uit als een huis dat ik ken.'

'Wat zijn we aan het doen, Diana? We zijn verdwaald, het is donker en er zijn monsters die iedereen doden.'

'We weten het niet, Ethel.'

'Er klonk geschreeuw. En je... magie waarschuwde ons dat we in gevaar waren. Ik bedoel, kom op, niet dood? Wat zou je anders doen dan doden?'

Ze knikte.

Wat er gebeurde was duidelijk heel, heel erg.

'Misschien...' zei ze, 'misschien kunnen we onderdak vinden? Een verborgen plek om te schuilen tot het ochtendgloren? Dan kunnen we zien wat er gebeurt en naar huis komen.'

Ze wilde nu echt thuis zijn, opgerold in haar bed, of Drog nu in de kamer ernaast was of niet.

Ze vonden aan één kant van het gebouw een constructie die bedoeld was om het regenwater af te voeren, hoewel er met de heldere nachtelijke hemel geen angst voor was.

Ze hurkten in de schaduw, zelfs de muur beschermde hen tegen het licht van de dubbele volle manen.

In de donkerste schaduw staarden ze diep in de straat daarachter.

Diana voelde Ethelri's arm om haar schouder, het andere meisje omhelsde haar in een heel kleine ruimte en probeerde niet te denken aan wat er was gebeurd op de avond dat ze het amulet won.

Niet dat Ethel zo was natuurlijk, maar ze was blij dat haar vriendin haar niet zag blozen bij de herinnering.

Ze sloeg onhandig haar eigen arm om het middel van haar vriendin en ze nestelden zich tegen elkaar en deelden hun lichaamswarmte.

Op zo'n moment zou ze echt niet zo moeten denken.

Maar de schuilplaats was donker en ze was moe en Ethel was warm en zacht...

Bij alles wat er gebeurde probeerde hij zijn ogen open te houden, knikte en gaf zich al snel over aan een haveloze slaap vol rassen en onzichtbare monsters... en kussen.

Ze wist niet precies hoe de kussen begonnen, hoe dingen die in dromen gebeuren vaak niets met elkaar te maken hebben, maar leuk was het zeker.

Het leek beter te gaan toen hij plotseling wakker werd en Ethelri's hand voor zijn mond vond.

Er waren stemmen op straat en hij was geschokt toen hij zijn amulet weer zag opwarmen.

Maar ze had geslapen en het was haar vriend geweest die het gevaar voor zich had opgemerkt.

Er was nergens om heen te rennen, niet als iemand buiten in het maanlicht was.

"Je hoeft me niet bang te maken!" Een man zei: "Ik zal het je vertellen!"

"Maar ze zijn allemaal dood, je zei het zelf!" De tweede spreker was een vrouw met een piepende neusstem.

"Ja ... min of meer. Maar niet allemaal. Ja, alles is een beetje gek geworden, maar we hebben nog een kans. Sommigen van hen leven nog en ik heb nog steeds contacten in het gilde. Ik heb nog steeds macht me don Ik weet niet wat er met Gedren is gebeurd, en de rest is er amper heelhuids uitgekomen, maar ik weet dat sommigen er nog zijn en de ceremonie is niet mislukt."

Hij zweeg even en bleef toen verward klinken.

'Begrijp je hier niets van? Ik weet dat hij niet in woorden spreekt, maar het spijt me nog steeds. Hij wil dat we teruggaan.'

"Ik heb de controle over mijn horde verloren," snauwde de vrouw, "ik ben teruggekeerd naar mijn normale kracht. Dat betekent dat wat je ook denkt, we hebben gefaald en ik ga!"

"Maar het zit in mijn hoofd! Het is als een jeuk, het laat me niet los, zelfs als ik dat zou willen. En het wil ook niet dat jij gaat. We zijn allemaal samen, het heden is in jou en in alles , Agra, hoe verwacht je in godsnaam ergens heen te gaan met haar?

"Ik kan het ook horen, Yamcha," zei de vrouw, "maar ik kies ervoor om het te negeren. Denk je dat ik hem mij zou laten beheersen met mijn vaardigheden en kennis? Ik weet hoe ik met demonen moet omgaan, hoe ik het moet doen ." Vermijd hun mentale trucs. Het domineert me niet en als ik Tarantia verlaat, zal ik een manier vinden om het uit mijn hoofd te krijgen. In tegenstelling tot jou ben ik niet zwak en niet zonder middelen. "

"Neuk je nu, want ik kan niet..."

"We worden in de gaten gehouden."

Dat leek hem te verbazen.

"Hallo?"

'Ik kan in het donker zien, weet je nog? Ik heb zintuigen waar je niet eens van kunt dromen.'

"Gedren?"

'Nee, niemand van ons. Iemand nieuw. Laat me me concentreren en ik kan het je vertellen.'

'Vertel me waar je bent en ik vermoord je. We kunnen geen getuigen hebben.'

Diana hoorde het geluid van een getrokken zwaard en het amulet op haar borst zwaaide met een bijna ondraaglijke hitte die haar deed kreunen van plotselinge pijn.

'Ik heb iets gehoord! Ga naar buiten zodat ik je in de gaten kan houden en er goed uit kan zien!'

Ze kon hem nu zien toen ze in zicht kwam met haar getrokken zwaard.

Een lelijke man, die er behoorlijk brutaal uitzag, in verkreukelde kleren.

"Jazeker..."

Er klonk een luide donderslag als donder en een schitterende golf van wit licht.

Een boogvormige bliksemschicht trof de man en hij bleef daar even staan, zijn mond open van verbazing toen het licht om hem heen scheen.

Er was een vreselijke geur van verkoold vlees toen het steegje terugkeerde naar het maanlicht.

De man, Yamcha, kreeg stuiptrekkingen en viel op de grond. Zijn zwaard raakte de kasseien naast hem.

'Ik zou rennen als ik jou was,' zei een nieuwe vrouwenstem, en Diana hoorde het geluid van iemand die precies dat deed.

Toen viel er stilte.

'Je kunt nu naar buiten komen,' zei de nieuwe stem na een tijdje.

Diana reikte voorzichtig met haar hand in de voorkant van haar jurk en voelde aan het amulet.

Hij was bang dat de vorige hitte zijn borst had verdoofd, maar nee, dat was het niet: het amulet was weer koud.

Hij stond op en Ethelri greep plotseling in paniek zijn benen.

'Nee, we zijn nu veilig. Ik denk dat het voorbij is, in ieder geval voor nu.'

"O, dank alle goden!"

Diana was het daar alleen mee eens en zond een stil dankgebed naar iedereen die zou kunnen luisteren.

"Laten we onze weldoener bedanken."

Ethelri stond op en ze gingen allebei de steeg in. Diana's hand reikte nog steeds door de stof van haar kleding naar het amulet voor het geval het amulet van gedachten zou veranderen.

Diana vermoedde dat de vrouw voor hen toen ze naar buiten kwam relatief jong was, hoewel ze zeker een paar jaar ouder was dan zij.

Misschien dertig of meer dat ze oud was, maar niet erg oud.

Voor zover hij in het maanlicht kon zien, was ze gebruind, had gitzwart haar en donkere ogen, en droeg een soort witte jurk onder een blauwe mantel met capuchon.

Diana had haar nog nooit eerder gezien en, aan de blik op haar gezicht te zien, ook Ethelri niet.

'Heb je ons gezien?'

'Alleen toen ik de straal afvuurde.'

Hij keek neer op het zwartgeblakerde lichaam op straat en wendde zich toen vol afschuw af.

"Is hij...?" vroeg ze, het antwoord al wetend.

"Ja."

'En de vrouw?'

"Ze is weg. Dat is net zo goed als ik kan een tijdje niet met zoiets gooien. Ik denk dat ze wilde gaan, en wel, ik zag geen reden om haar niet te laten gaan. Ik wil geen ruzie die Ik wel en het leek alsof hij de stad wilde verlaten en toch niet meer terug wilde komen."

Diana knikte zacht.

De vrouw had gevaarlijk geklonken, maar wat deze andere vreemdeling zei, was gezien de omstandigheden logisch.

"Wat doe jij hier eigenlijk?" vroeg de vrouw: "Ik herken je niet van hier."

'We zijn gevlucht. Ik denk dat we verdwaald zijn.'

"Ja, er is iets mis met de stad vanavond. Het zou me niet verbazen als die heks die net is weggelopen er iets mee te maken heeft," glimlachte ze plotseling. Je raadt het misschien al. "

Beiden stelden zich voor en voelden zich al veiliger.

Het amulet was niet opgewarmd en niets leek hem in de weg te staan.

Zelfs de bewakers niet gewaarschuwd door de plotselinge bliksemschicht of nieuwsgierige buren.

Misschien waren de eersten druk bezig en de laatstgenoemden verstopten zich.

Het was tenslotte wat ze hadden gedaan.

Of in ieder geval proberen.

'Ik denk dat het gevaarlijk kan zijn om vanavond door de stad te proberen,' zei Xaltana nadat hij hem had verteld waar ze in de stad woonden. Toen zuchtte hij. 'Maar ik kan je hier ook niet achterlaten. Laten we naar binnen gaan, dan zullen we morgenochtend iets te weten komen. Misschien kunnen we dan zien wat er werkelijk is gebeurd.'

* * *

Xaltana had iets met het lichaam gedaan.

Diana wist niet precies wat, maar ze was weg en toen ze terugkwam vertelde ze de meisjes dat ze weg was.

Diana wilde niet vragen hoe, hoewel ze blij was dat hij er toch niet was...

Hij wilde echt niet denken aan een lijk dat op straat lag, behalve wat de wet erover kon zeggen.

Ze hadden een logeerkamer aangeboden gekregen.

Er was er maar één, en hoewel een van hen een van de banken in de woonkamer had kunnen pakken, wilde geen van de meisjes vanavond alleen zijn.

"Jij blijft in bed," zei Ethelri, "ik kan hier op de bank liggen. Het schijnt er heel veel te hebben!"

'Nee, jij blijft in bed; ik geef niets om de bank. Echt waar.'

"Je verdient het na wat je voor ons hebt gedaan. Wat er daarbuiten is... het maakte me bang, en zonder jou en je magische amulet zouden we allebei... ugh... ik zou er niet eens aan kunnen denken ! "

'Dat was gewoon geluk. Het was echt niet iets wat ik deed. Je zou mijn moeder moeten bedanken als je iemand te bedanken hebt. Ze heeft het gekocht.'

'Toch, ik...' Ethelri huiverde plotseling en omhelsde hem. 'Waarom nemen we niet allebei het bed? Het is groot genoeg.'

"Denk je?" merkte Diana op.

De suggestie maakte haar ongemakkelijk om een reden die ze niet kon verklaren.

De meisjes stonden in hun nachtjapon te ruziën en toen ze Ethelri's blote, slanke benen zagen, herinnerden ze zich de nacht dat hun moeder het amulet had gekregen, gedachten die nu niet echt relevant leken, maar toch... Ze waren minder ongemakkelijk dan zij dacht dat ze dat hadden moeten zijn.

"Ok, ik snurk niet."

'Hoe zou je dat weten?'

"Omdat ik hoorde dat alleen jongens snurken!"

Ze lachten erom, een plotselinge ontspanning en dat was het.

Zonder zich verder uit te kleden, sliep Diana, zoals de meeste Tarantiërs, meestal naakt.

Maar dat leek me op dat moment geen goed idee.

Ze klommen op het zachte bed en trokken het laken over zich heen.

Het was behoorlijk krap en er was geen manier om uit elkaar te blijven.

Diana was blij dat de duisternis de blos op haar gezicht bijna verborg toen ze weer aan Zora dacht.

Verdomme die vrouw!

Waarom moest het zo ... goed ... goed zijn?

Ze voelde zich nog steeds ongemakkelijk toen Ethelri haar arm om haar schouder sloeg en haar bijna omhelsde.

"Dank je," zei de blondine, "zelfs als je denkt dat het niets was."

'Laten we gaan slapen,' stelde Diana voor, terwijl ze haar hoofd tegen het kussen leunde. Ze zag Ethelri's warme adem op haar gezicht, de twee slechts enkele centimeters van elkaar verwijderd.

Ze viel bijna onmiddellijk in slaap, genietend van het zachte gevoel van de lakens en de warmte van het lichaam van haar vriendin.

Ondanks de onbekende omgeving voelde ze zich nu veilig.

Het amulet had zeker geen indicatie gegeven van verdere problemen, maar ook zonder deze bevestiging voelde ze zich op haar gemak en ontspannen.

Ze was bij haar beste vriend en de wereld werd weer normaal.

Er waren weer kussen in haar dromen, maar deze keer waren er ook knuffels, een warm en charmant gevoel, alsof ze gehuld was in een cocon van vredige troost waarin niets haar kon storen.

De droom werd echt interessant toen ze iemand in haar arm voelde knijpen en bijna onmiddellijk wakker werd.

"Wat ben je aan het doen Diana?" Het was Ethelri's stem.

Nog steeds in de war door de droom, probeerde ze een antwoord te vinden totdat ze plotseling merkte dat haar rechterbeen om Ethelri's linker was gewikkeld.

Het nachthemd van het andere meisje hing om haar middel, zijn zachte, warme huid streelde de hare en haar vrije hand rustte zachtjes op de ronde billen van haar vriendin.

Ze trok zich terug en mompelde een zinloze verontschuldiging.

Dat was gênant!

'Je moet interessante dromen hebben gehad,' zei Ethelri gekscherend.

"Eh, een beetje, uh, ja. Ik denk."

'Maak je geen zorgen. Het was maar een verrassing, dat is alles.'

Ze zwegen even, luisterden naar het huis en keken in de nabije duisternis, die alleen werd verlicht door een stroom dubbel maanlicht dat tussen twee op een kier staande jaloezieën viel.

Diana wilde niet opstaan om het te sluiten.

"Etel?" zei ze na een tijdje veranderde de stem in een fluistering.

"Wat?"

"Denk je veel aan jongens?"

Ethelri lachte.

"Wat dacht je van?"

'Ik bedoel, in bed. Heb je er ooit echt over nagedacht hoe het zou zijn?'

'Volgens mij' Ze leek een beetje geamuseerd en onaangedaan door de vraag. "En jij?"

"Hm hm."

Ze zweeg nog wat langer en wist niet goed wat ze moest vragen.

'Doe je... iets als je aan jongens denkt? Om... te helpen?'

Het was even stil en toen.

"Ja".

Ze fluisterden nog steeds, de gedempte stemmen van twee jonge vrouwen die ruzie maakten over een verboden onderwerp.

'Ik ook. En het is oké.'

Ethelri lachte weer, een wijzer lachje deze keer.

"O ja."

'Ethel,' zei hij na nog een pauze. 'Er is iets dat ik je wil vertellen. Iets wat ik eerder had moeten zeggen.'

'Jij en een jongen! Oh mijn god, ik wist het!'

'Nee! En hou je stem laag, we willen onze gastvrouw niet wakker maken.'

"Nou en dan?" vroeg Ethelri en fluisterde opnieuw.

'Iemand heeft me iets laten zien. Waar we het over hadden.'

'Over...? Wat zou iemand je erover kunnen laten zien? En... hoe?'

'Ze, eh... heeft me laten zien dat ze beter is als je hulp hebt.'

"Hoe helpen?" Ethelri's stem was nu nog stiller, maar duidelijk gebiologeerd.

'Van iemand anders. Iemand die precies weet waar en hoe hij moet spelen. Ethel, het was goed, het was heel, heel goed. Het beste van alles.'

"Hoe is dit gebeurd?"

"Over dat deel wil ik nu liever niets zeggen. Serieus."

"Oh." Ze klonk een beetje gekwetst.

'Ethel,' haar hart bonsde zo hard dat ze het gevoel had dat haar vriendin het kon horen. "Ik wil het met je delen."

Er viel opnieuw een lange stilte, de twee keken elkaar alleen maar grimmig aan, alsof ze hun gedachten wilden lezen.

"Etel?" vroeg ze na een tijdje.

Haar vriend mompelde iets, te zacht om te horen.

"Het spijt ons?"

"Ik zei ja."

Diana legde haar hand op Ethelri's been, haar nachtjapon nog steeds om haar middel gewikkeld.

De huid was glad, zachter dan die van Zora, en alleen al het gevoel van haar vingertoppen gaf haar een heerlijke sensatie.

Langzaam hief ze haar hand op, roerde door het katoen van haar ondergoed en kroop onder haar om de rug en zij van haar vriendin te strelen.

Hij keek aandachtig naar Ethelri's gezicht, hoewel hij in werkelijkheid alleen het maanlicht in haar ogen en de weerspiegeling in haar haar kon zien.

De meeste van zijn gelaatstrekken werden nog verduisterd door de schaduwen van de donkere kamer.

Ethelri was misschien niet zo strak als Zora, maar dat kon Diana niet schelen.

In een poging haar herinneringen aan die nacht te verbergen, iets wat ze nu als een opmerkelijk ontwaken zag, concentreerde ze zich op het meisje voor haar.

Ze waren bijna even oud, en dat maakte de dingen anders, maar verder was hij iemand die hij kende en al van kinds af aan had gesproken, iemand waar hij echt om gaf, iemand die hij altijd had gedeeld als hij kon delen.

Wat ze nu deelden en wat binnenkort zou komen, zou het beste van allemaal zijn.

'Je handen zijn kleiner dan die van een jongen,' fluisterde Ethelri, 'denk ik.'

'Maar ook zachter,' zei hij, terwijl hij langzaam de buik van het andere meisje streelde en voelde hoe het vlees bezweek onder zijn aanraking.

'Ik heb niet gezegd dat het niet leuk was.'

"Wat is ermee?" Diana bewoog haar hand hoger, schudde haar nachtjapon, voelde de zwelling van de borsten van haar vriendin en liet de blondine naar lucht happen.

"Moeten we...?"

'Stil, Ethel, het komt wel goed, dat beloof ik.'

Zora's borsten waren veel groter geweest, maar Ethelri was prachtig gevormd onder haar vingers terwijl ze genoot van elk klein deel van haar rondingen.

Diana voelde een verlangen in haar maag, een wanhopige pijn die in haar opsteeg, en ze vroeg zich af of het andere meisje hetzelfde zou voelen.

Terwijl zijn vingertoppen over Ethelri's tepels streken, voelde hij ze opzwellen en hard worden onder zijn aanraking, en hij wist het antwoord.

Ze rolde zich om op het bed, liet haar linkerhand los, haar benen aan weerszijden van Ethelri's heupen, en begon haar nachtjapon op te trekken en opzij te schuiven.

Met een nerveus gegiechel hielp het andere meisje haar, en Diana leunde achterover en liet het laken van haar schouders vallen om het lichaam te bewonderen dat nu onder haar uitgestrekt lag.

Ethelri lag nu op haar rug, haar bleke haar glinsterde in het maanlicht en een verlegen glimlach op haar gezicht.

Maar het was de manier waarop de lichtstraal vanuit het raam op de heuvel van haar borsten, op de bleke, ronde tepels en de ronding van haar buik scheen die Diana fascineerde.

Ze leunde achterover, haar eigen borsten rustend op Ethelris, nu slechts gescheiden door een laag katoen, en kuste de keel en kin van haar vriendin.

'Diana...' fluisterde Ethelri zacht en het geluid van haar naam die in de mond van haar vriendin fluisterde, maakte Diana alleen maar meer opgewonden.

Ze bewoog haar hand naar beneden, scheidde Ethelri's slipje en streek met haar vingers door haar zachte, korte haar.

Voorzichtig duwde ze haar eigen been opzij, duwde het dijbeen van het andere meisje weg en besloot de vorm van die benen de volgende keer beter te voelen.

Als er een volgende keer was en hij wachtte tot alle goden bestonden.

Hij wilde Ethelri bezitten, haar neuken, haar zijn naam laten schreeuwen en hun lange vriendschap naar een nieuw en dieper niveau tillen dan ooit tevoren.

Maar nu hield ze zich in, ze wilde niet te snel te ver gaan en het moment verpesten.

Haar eigen tepels waren als harde plekken, haar slipje vochtig van opgekropte passie terwijl hij een vinger tussen Ethelri's dijen liet glijden, over haar delicate schaamlippen, onzichtbaar in het donker, alleen bewegend als ze aangeraakt werden.

'Vertel me wat je ervan vindt,' fluisterde ze.

"Ik... beweeg langzaam en..."

"A) Ja?"

"Mmm... ja... het voelt anders..."

"Verschillend?"

"Mm hmm ... en dan ga ik in cirkels ... oh mijn god ... dat is het ... ja ..."

Diana wiebelde met haar vingers volgens de instructies en merkte op dat haar vriendin natter werd terwijl ze speelde en tussen de plooien voelde, genietend van elke kleine zucht of kreun die ze maakte.

'O, Ethel...' kreunde ze en durfde het andere meisje voor het eerst op de lippen te kussen.

Tot haar grote vreugde reageerde Ethelri enthousiast, alle eerdere reserveringen waren verdwenen.

Zijn handen gingen met hun tere vingers door Diana's lange donkere haar en langs haar rug en grepen zelfs een van de billen.

Met tegenzin trok Diana haar hand terug van haar taak, maar alleen om haar nachtjapon op te tillen.

Ze vond het andere meisje dat haar enthousiast hielp en gooide hem op de rand van het bed.

Hij leunde tegen haar aan en hun lippen ontmoetten elkaar weer in het donker.

Er was geen stof meer tussen haar borsten, de zachte heuveltjes die tegen elkaar werden gedrukt toen Ethelri's handen met toenemend enthousiasme Diana's lichaam begonnen te verkennen.

Ze kreunde van passie, verloor de passie en voelde de zachte vingertoppen aan haar zijkanten, buik, dijen en schouders.

Hun lichamen kronkelden, harde tepels staken uit elkaars borsten en volgden een naamloos patroon terwijl ze bewogen.

Ze kwam een beetje overeind en Ethelri merkte de hint op, kleine, zachte handen omklemden de borsten van haar vriendin en voelden de vorm.

'Vind je dat leuk, Diana?' fluisterde hij, zachtjes in een tepel knijpen.

Ze knikte, kon op dat moment geen woorden vinden. Haar lichaam brandde als nooit tevoren en wilde het allemaal.

Hij slaakte een lage, woordeloze kreun, leunde naar voren, kuste Ethels bleke borst en genoot van het gevoel van de warme heuvel op haar lippen.

Ze ging onder, zoog een kleine tepel in haar mond, scheurde die met haar tong, zoog, proefde en proefde.

"Oh mijn god! Diana!" Ethelri schreeuwde van verbazing, haar lichaam schokte tegen de lakens, haar rug kromde zich en haar borst drukte nog meer in Diana's weelderige mond.

Helaas liet hij eindelijk het prachtige cadeau uit haar mond.

Ethelri hijgde, hapte naar adem en wist opeens niet meer wat hij moest doen.

Toen greep Diana haar kans en stak een wijsvinger diep in het kutje van haar vriendin, meer dan ze eerder had gedurfd, waardoor het andere meisje schreeuwde van passie.

Ethelri's gekreun was charmant, de vertrouwdheid in haar stem was bekend genoeg om Diana's passie te vergroten.

Ze kon er niet veel meer tegen, dacht ze, terwijl ze haar vinger langzaam en krachtiger in en uit begon te bewegen, terwijl de vochtige sappen over haar huid gleden.

Ze dempte Ethelri's geschreeuw met haar kussen, ook al waren de details van haar situatie allang uit haar gedachten verdwenen.

Toen leunde het andere meisje even achterover en hield Diana's hoofd in haar handen. Haar ogen waren op de hare gericht en haar haar viel in een donkere halo op het kussen.

"Oh Diana..." riep hij, "Niet stoppen! Ik kom. Diana, wil je me... ohhhhh... oh, oh, oh..."

Ethelri's lichaam kronkelde terwijl haar handen de lakens omklemden en haar heupen zwaaiden van passie.

Diana kon zich niet langer inhouden.

Met haar slipje om haar knieën drukte ze haar onderlichaam tegen dat van haar vriendin.

Ze scheidden haar dijen en drukten haar natte kutje tegen Ethelri's been.

Ze ging omhoog totdat de rimpels van het andere meisje tegen de zijne drukten en haar heupen tegelijk bewogen.

Met toenemende opwinding zette ze de beweging voort, haar meest gevoelige gebieden tegen de hartstocht en het woordeloze verlangen van haar vriend gedrukt, alles greep dit gevoel.

Ze schreeuwde de naam van haar vriend toen ze aankwam, een golf van plezier overspoelde haar meer dan alles wat ze ooit eerder had gekend.

Toen stonden ze hijgend, armen om elkaars slanke, bezwete lichaam geslagen, gezichten tegen elkaar.

'Diana,' fluisterde Ethelri, 'beloof me dat dit niet de laatste keer zal zijn.'

'Ik beloof het. Ik beloof het.'

HOOFDSTUK XXXXVI
YASIMINA

'Hij is boven,' zei Alatáriel toen hij bij het huis kwam, 'je kunt naar boven gaan. Hij heeft me verteld wat er is gebeurd.

'Ik was het niet alleen,' vertelde Lady Yasimina de Elven Squire, 'er waren velen van ons bij betrokken. Inclusief Arthur.'

Ik heb veel gezien wat er is gebeurd en ik kan me niet voorstellen hoe het zou zijn geweest als jullie allemaal niet klaar waren geweest. Ik zal helpen de tempel op te ruimen. Arthur is er de hele dag geweest, maar ik weet zeker dat hij blij zal zijn je te zien. "

"Dank je Alatariel."

Hij bezocht het huis van Arthur, een goed ingericht gebouw, hoewel kleiner dan het landhuis van de avonturier, en een die hij natuurlijk deelde met zijn schildknaap, in ieder geval tot zijn ridderceremonie, die zeer binnenkort zou plaatsvinden.

Ze was hier nog niet vaak geweest, en alleen voor korte bezoeken, en het was een aangename verrassing dat ze echt wat tijd voor zichzelf hadden.

"Eerste deur rechts bovenaan de trap," zei de elf toen hij uitstapte, "Ik zie je later, en je kunt me vertellen wat je betrokkenheid was. Tot ziens!"

Zodra de voordeur dichtging, draaide Yasimina zich om naar de trap en ging naar boven.

De weinige keren dat hij hier eerder was geweest, had hij alleen de eerste verdieping gezien, die een smaakvol ingerichte woonkamer en afgesloten arsenaal had, en een buitendek voor gevechtsoefeningen.

Een paladijn moest immers altijd paraat staan.

"Arthur!" schreeuwde hij toen hij de deur naderde die Alatáriel had gewezen: 'Ik ben het. Mag ik binnenkomen?'

De deur ging open en de grote ridder stond te stralen.

'Yasimina! Kom binnen natuurlijk. Leuk je te zien... na wat er gisteren is gebeurd.'

Hij ging naar binnen en ontdekte dat hij in de kamer van zijn paladijncollega was.

Het was net zo mooi als de kamers beneden, met een groot hemelbed en een zachte vloerbedekking.

Gelukkig leek Arthur ondanks de tijd niet naar bed te zijn gegaan, dat zou voor beiden gênant zijn geweest.

"Hoe is het met je?" vroeg ze, denkend dat de laatste keer dat ze hem zag, hij nog steeds leed aan de wonden die het ondergrondse monster had toegebracht.

"Veel beter, dank je. Werken met zoveel ervaren genezende priesters is zeker een aanwinst om een paladijn te zijn." Hij bewoog een arm en demonstreerde zijn flexibiliteit. De sterke spieren bewogen onder de stof van zijn gewaad. 'Maar jij ook? Je wist duidelijk veel van wat er aan de hand was. Wat kun je me daarover vertellen?'

"We wisten dat zoiets zou gebeuren, ja," beaamde hij, "hoewel niet de details. Maar we hadden geen idee dat er anders ondoden op straat zouden lopen. We wisten ook niet wanneer het zou gaan, en we waren heel voorzichtig met alles wat we wisten, in ieder geval tot voor kort. We hebben de urgentie natuurlijk onderschat. Dat is deels mijn schuld."

'Je had het niet kunnen weten,' zei hij sussend, 'je zei het net zelf. Zoals ik gisteren al zei, is het toeval dat je dit in een oude plaat ontdekte met zo weinig tijd voordat je wist dat dit alleen bedoeld was om gebeuren ... nou ja, minder dan eens in de eeuw voor zover ik weet."

'Ja...' zei ze peinzend, 'ik herinner me dat je dat zei. Het is een gelukkig ding nu je het zegt. Maar het gebeurde, en het was een geluk dat het gebeurde. Wie weet, misschien kwam Ymir tussenbeide en leidde ons naar de waarheid. "

Arthur glimlachte.

"Misschien deed hij dat wel. Legenden zeggen dat dit soort dingen eerder zijn gebeurd. Maar wat is er met je collega's gebeurd? Ik weet dat je meestal aan hun zijde vecht, maar ze moeten net als iedereen op straat zijn vastgelopen."

'Daarvoor waren we tenminste goed voorbereid', zei hij.

Hij legde uit wat Valeria en de anderen hadden gedaan en hoe ze het plan van de samenzweerders om de aanwezigheid op te roepen hadden gedwarsboomd.

'Dus er waren er dertien in de rotonde?' Ik vraag. "Een volledige cirkel?"

"Zo lijkt het. Mijn vrienden slaagden erin de meesten van hen te verslaan, en de rest vocht blijkbaar tegen elkaar... waarschijnlijk toen hun plan faalde. Gelukkig hoeven we niet eens lastige vragen te beantwoorden omdat iedereen ervan uitgaat dat we alles deden wat was. " ontdoe je van de ondoden. "

'Maar sommigen van hen zijn gedood door een vuurbal. Is dat niet...?'

"Het College van Tovenaars zegt dat Rufus moedig tegen de hordes heeft gevochten en dat hij per ongeluk een paar onschuldige mensen bij de explosie heeft betrapt. Natuurlijk kan hij op geen enkele manier verantwoordelijk worden gehouden voor het schijnbaar doden van dezelfde monsters. Net als een bewaker, Sertorio, geloof ik, was zijn naam, die daar ook sneuvelde en tegen de wezens vocht. Dat geloven de autoriteiten tenminste."

'Ik denk niet dat het veel zin heeft om je nu van deze versie te halen,' beaamde Arthur, 'en alle dertien zijn dood?'

'Er waren elf doden in de rotonde,' vertelde Yasimina hem, 'dus er zijn er duidelijk twee ontsnapt. Ik neem aan dat zij degenen waren die zich tegen de anderen keerden. een vriendin van haar op het College of Wizards vertelde haar over gisteravond. Blijkbaar ontmoette deze vrouw twee mensen die spraken over een bezittende demon, duidelijk over het heden, en dat ze aan een ramp waren ontsnapt. Ze geloofde natuurlijk dat ze doelden op de ondoden, maar van wat Valeria kon reconstrueren, moeten het onze twee overgebleven samenzweerders zijn."

"Weten we wie je bent?"

"Nee, maar we weten dat de ene dood is en de andere de stad is ontvlucht, blijkbaar nadat ze de controle over de aanwezigheid uit haar hoofd had overgenomen. We kunnen haar niet volgen of tegen haar ingaan... maar ze is weg, en hij heeft geen manier om de aanroeping te herhalen, zelfs als hij dat zou willen. Hoewel ik er altijd spijt van heb een verkeerde onbeantwoord te laten, in dit geval is het niet zo erg als het zou kunnen zijn. En of hebben we een andere optie van alle vormen. "

"Dus het is allemaal voorbij?"

'Het lijkt er zeker op.'

Arthur zuchtte opgelucht, alsof hij op bevestiging wachtte, en ging op het bed zitten.

'Godzijdank,' zei hij, 'een leger van ondoden raast door het hart van de stad... dat is veel te doen.'

Ze ging naast hem zitten en wilde het gewoon doen als een gebaar van kameraadschap.

'Je hebt je deel gedaan,' zei hij, 'we hebben allemaal geholpen de stad te redden.'

'Het spijt me dat ik niet zoveel heb gedaan,' zei hij, 'het waren jij en Conan die naar het heiligdom gingen. Ik was gewoon afgeleid dat... wat was dat eigenlijk?'

'Ik heb van ze gehoord,' zei hij, 'maar alleen ver naar het zuiden buiten mijn huis. Ze wonen in het koude land, niet op plaatsen als deze. Het moet door een soort portaal zijn gegaan, een zwakte in het materiaal.' van de wereld. Wereld veroorzaakt door het heden of de ceremonie die het voor het eerst aanriep. Maar onderschat jezelf alsjeblieft niet. Ik was blij je aan mijn zijde te hebben. "

"En ik," zei hij, "vechten aan jouw zijde was..." hij leek te vechten voor de juiste woorden, "een goed gevoel. En je hebt mijn leven gered. Je gelooft het misschien niet, maar je bent een grotere paladijn dan ik oprecht."

'Je bent een supporter van Ymir net zo waardig als ik nog nooit iemand anders heb ontmoet,' zei ze, terwijl ze onbewust haar hand uitstak om de zijne te pakken.

Toen ze de warmte van haar huid tegen de hare voelde, realiseerde ze zich dat het gebaar misschien heel intiem leek, en ze hoopte dat hij het niet verkeerd had begrepen.

Of was het de verkeerde manier?

Ze had zich altijd heel dicht bij hem gevoeld en bewonderde zowel zijn toewijding als zijn onbetwiste schoonheid.

Zijn wensen waren echter altijd afgewezen in naam van eer en zuiverheid, en zijn toewijding aan de zaak overtrof alle persoonlijke gevoelens.

Maar moest het zo zijn?

Ze zwegen een tijdje en ze merkte dat hij zijn hand niet van de hare verwijderde.

"Mij ..."

"Jasimina..."

"Sorry je..."

"Nee jij eerst".

"Ik was bang," gaf hij toe, "toen je werd aangevallen. Even dacht ik dat ik je kwijt was. Ik weet dat we nooit echt samen hebben gevochten, maar je betekent nog steeds veel voor me. De gedachte dat je verliest. " kwetste me diep. "

'Toen je met Conan het onbekende in ging, was het voor mij hetzelfde,' zei hij, 'ik maakte me meer zorgen om jou dan om mezelf. Ik kon het niet verdragen om zonder jou te zijn, Yasimina.'

Het volgende moment lag ze in zijn armen en hield hem stevig vast, haar gezicht tegen zijn schouder genesteld.

Het voelde zo goed, zo natuurlijk, zijn gespierde vorm in zijn omhelzing, de warmte van zijn gewaad tegen haar wang.

Hij fluisterde haar naam opnieuw en ademde de geur van haar haar in.

'Ik heb je zo lang bewonderd,' zei hij, 'een groot krijger, een nobel hart, vol vriendelijkheid en vastberadenheid. Je bent alles wat een paladijn zou moeten zijn en meer.'

'Net als jij, Arthur,' zei ze tegen hem, onverdiend.

Ze was een avonturier, geen ridder in directe dienst aan haar god.

Ze wist dat ze op die manier goed kon doen, en veel kwaad was op de arm gevallen die haar zwaard zwaaide, maar haar toewijding was zeker groter dan de hare. Waarom kon ze dit niet zoveel zien als ze kon?

Ze maakte zich een beetje los uit zijn omhelzing, tilde haar hoofd op om in zijn donkere ogen te kijken, en zag de vriendelijke en zorgzame blik waarop ze lang had gewacht om haar te zien.

Was het je nooit opgevallen, hoe vastbesloten je ook was om professioneel te blijven en zo angstig dat men dacht dat je de regels van je bestelling overtrad?

Of hadden hun recente heldendaden hen als nooit tevoren samengebracht?

Hun lippen ontmoetten elkaar, een korte aanraking, maar een die haar hart sneller deed kloppen in haar borst.

"Moeten we dat doen?" Ze vroeg uit angst voor een negatief antwoord, maar voelde toch de behoefte om de vraag te stellen.

"Ik denk dat kussen is toegestaan."

Ze drukte haar lippen weer op de zijne, en deze keer trok ze zich niet terug.

Zijn adem was warm op haar gezicht terwijl hun monden elkaar verkenden.

De toppen van de tong raken elkaar door gescheiden lippen.

Zijn brede, stevige schouders omhelsden elkaar op zijn armen, zijn eigen handen op zijn rug, troostend, ondersteunend.

De kus leek eeuwig te duren voordat ze uiteindelijk uit elkaar gingen, een beetje hijgen om op adem te komen.

'Ik wilde het al sinds we elkaar ontmoetten,' zei hij, 'waarom wachten we zo lang?'

"Is dat nu belangrijk?"

"Niet nu."

Ze kusten elkaar nog harder terwijl Arthurs vingers door zijn lange haar gingen en zijn handen langs zijn zij omlaag gingen tot ze half in elkaar op het bed lagen.

Ze onderdrukte een giechel die tegen de andere paladijn was gericht toen ze uiteengingen om naast hen te gaan liggen. elkaar op de lakens.

Yasimina ging op één arm staan en zag hem op zijn rug rollen.

Het viel niet te ontkennen dat zijn knappe uiterlijk, lange, goedgebouwde lichaamsbouw dat van een perfecte krijger was.

Ze legde haar vrije hand op haar borst, voelde haar hart onder haar vingers kloppen en keek naar de lichte bewegingen terwijl ze ademde.

"Ja ... we gaan verder," zei hij, "hoe kunnen we ons voelen? Ik bedoel, we zouden van elkaar afgeleid worden, onze tijd besteden aan elkaar zorgen maken. Zou dat onze verplichtingen in de weg kunnen staan ." ?

'Ik denk dat het daar te laat voor is,' zei hij, terwijl hij zachtjes over haar wang streek. 'Bovendien, wil je dat ik hier beland nu we elkaar hebben ontmoet? Echt waar?'

'Nee,' fluisterde hij.

Ze zouden nooit worden zoals alles tussen hen was geweest, als dat echt mogelijk was geweest.

'Het is niet alsof we elkaar pas net hebben ontmoet,' bracht hij haar in herinnering, 'ik ken je al jaren. Ons bevel verbiedt een informele afspraak, maar ontmoedigt romantiek niet.'

"'Ymir is de broer van Muriela'", citeerde hij, iets wat een oude priester hem had verteld toen hij onlangs tot ridder werd geslagen.

'Precies. Ik denk niet dat we hier een einde aan kunnen maken als we dat zouden willen. Er is te veel tussen ons. Maar er hoeft vanavond niets meer te gebeuren.'

'Nee,' zei ze, verrast door de teleurstelling die onbedoeld in haar stem was geslopen, 'Bovendien komt Alatáriel zo terug.'

'Eigenlijk pas morgenochtend.'

"Nou, nog steeds..."

'Ja, natuurlijk,' zei hij haastig. 'We zijn niet voorbereid. We hebben tijd nodig om eraan te wennen. Terug in de tunnel toen Conan... je weet wel... ons verzwakte. Het was maar beter dat het niet hetzelfde effect op hem had.' ""

'Nee, ik had het niet kunnen regelen,' zei ze droog.

"Dus hij...", struikelde hij over de woorden, "nou... terwijl ik... ik probeer te zeggen dat ik er niet veel ervaring mee heb."

"'Ja echt?"

'Helemaal niet. Ik bedoel, ik heb nog nooit...'

Yasimina was verrast, hoewel ze erover nadacht, kon ze zich niet voorstellen waarom.

Ze was er net van uitgegaan dat hij meer ervaren was dan zij, dat hij in haar verleden een paar romantische ontmoetingen zou hebben.

Maar waarom zou dat zijn als hij net zo toegewijd was als zij?

Het bewoog op een manier dat ze de eerste was.

'Ik heb nog nooit de juiste vrouw ontmoet,' zei hij, de stilte verbrekend, 'tot nu toe.'

Ze leunde naar voren, ontmoette zijn ogen en legde haar hand op zijn kin.

"Dan kunnen we samen leren."

Zijn mond maakte een stille 'O'.

Misschien had hij hetzelfde over haar gedacht.

Hij realiseerde zich dat zijn pogingen om te aarzelen misschien gewoon een angst waren om zijn onervarenheid te tonen; Alleen zenuwen als je met iets onbekends wordt geconfronteerd.

Dat kon ze begrijpen.

Maar ze was een meester, een avonturier, een kruisvaarder voor recht en gerechtigheid.

Ze moest echt niet bang zijn, dacht ze bij zichzelf, zelfs niet van.

Ze was Conan niet, zelfs Valeria niet; toevallige ontmoetingen interesseerden hem niet.

Maar dat... dit was beslist allesbehalve een toevallige ontmoeting.

'Misschien,' zei ze, terwijl ze nog dichter naar voren leunde, haar blauwe ogen strak op zijn donkere ogen gericht, 'kunnen we vanavond studeren?'

Deze keer protesteerde Arthur niet.

Ze kusten elkaar zachtjes voordat hij op zijn knieën ging en om haar heen op het bed knielde.

Achter hem kon hij de gouden stralen van de ondergaande zon door het raam zien, die zijn vorm omlijnden toen hij zijn gewaad uitdeed.

Lady Yasimina stak haar hand uit, streelde de stevige buik van haar paladijncollega en voelde aan zijn blote huid.

Ze trok hem dichterbij en streek met haar hand over zijn borst.

Zijn borstspieren waren goed gedefinieerd, strak onder zijn nieuwsgierige vingers, een lichte lok donker haar daar.

Het voelde warm en geruststellend aan, en ze kon niet anders dan naar voren leunen om haar lippen tegen zijn blote torso te drukken en haar hoofd te schudden terwijl ze naar nieuwe plaatsen verhuisde.

Arthur haalde zijn vingers door zijn haar en kneep er zachtjes in terwijl hij een van haar tepels kuste en lichtjes uitademde.

Ze keek naar hem op en bewonderde de gelukzalige blik op zijn gebeeldhouwde gelaatstrekken.

Maar toen trok hij zich terug, draaide zich om om de gordijnen rond het hemelbed te sluiten, en liet alleen een kier open voor het gouden zonlicht.

Yasimina maakte van de gelegenheid gebruik om haar hoge laarzen uit te doen en drukte haar blote vingers tegen de lakens.

Al snel kusten ze elkaar weer, hun lichamen tegen elkaar gedrukt, hun armen om zijn brede schouders geslagen en voelden de spieren onder de huid bewegen.

Zijn handen lagen om haar middel en pelden de onderkant van haar eigen gewaad van haar riem.

De kleren die ze droeg waren praktischer dan die van de meeste inwoners van Tarantia, of, om eerlijk te zijn, de meeste vrouwen in hun eigen land.

Het bestond uit een los gewaad en een aparte rok en, zoals hij nu ontdekte, uit een korset van een edelvrouw, als hij het niet eerder had opgemerkt.

Ze hielp hem het kledingstuk uit te trekken en zijn lange, losse haar over zijn hoofd te schudden.

Hij duwde het voorwerp door het gordijn, landde met een rustige dreun op het dikke tapijt erachter en leunde naar voren om haar ontblote nek te kussen.

Ze fluisterde adem terwijl zijn handen over haar rug gleed en elke centimeter van haar vlees voelde.

Afgezien van het korset droeg ze een doublet met korte mouwen onder haar gewaad, en Arthur trok het omhoog om een bleke schouder te onthullen en drukte zijn kussen op haar vlees.

Zijn vingers trilden toen hij probeerde haar riem los te maken.

Ze snakte een beetje naar adem, een muzieknoot die haar minnaar inspireerde om zijn lippen over de hoek van haar kaak te halen en ze angstig weer tegen haar eigen mond te drukken.

Maar nu de riem vrij was, trok hij haar dijen om zijn middel, greep strakke billen door zijn boxershort en kneep er snel in.

Daarna moest hij bewegen en zijn positie verschuiven om op het bed te gaan liggen, zodat ze zijn kleren over zijn benen kon trekken en zijn laarzen uit kon doen.

Haar benen waren lang, haar dijen sterk en verleidelijk onder haar vingers.

Yasimina's blik ging instinctief naar de boksers, die nu het enige kledingstuk waren dat Arthur droeg.

Er was daar een onmiskenbare bobbel die haar mogelijkheden verleidde, en haar rechterhand zwaaide aarzelend in haar richting om meer te ontdekken.

Maar voordat ze hem kon bereiken, zat Arthur op haar dij en drukte zijn hand tegen haar buik.

Hij leunde naar voren en leunde met zijn voorhoofd tegen het hare, hun neuzen raakten elkaar bijna, beiden snakkend naar lucht.

Met zelfverzekerde bewegingen die haar in verlegenheid brachten toen ze zich haar frustratie met de riem herinnerde, begon hij de banden van haar korset los te maken.

Ze staarde naar zijn handen, bewoog niet en keek hoe hij elk touwtje losmaakte.

Zodra het laatste touwtje was losgemaakt, hielp ze hem het omslachtige kledingstuk uit te trekken en door het gordijn te laten vallen om bij haar andere kleren te landen.

Je wilde niet dat je er last van had.

Zijn paladijnse collega ging achterover op het bed liggen.

Terwijl hij naar haar keek, dronken zijn ogen klaarblijkelijk bij elke beweging in haar.

Zijn blik gleed over de blote huid van haar armen, niet zo gespierd als de hare, maar voor de meeste vrouwen onmiskenbaar sterk.

Het kon hem duidelijk niets schelen, en ze liet haar eigen blik over elke centimeter van zijn lichaam dwalen en bewonderde hem.

Hij strekte zich onder haar uit in het steeds oranje wordende licht van de ondergaande zon die over het bed viel.

Ze streelde zijn borst en ging naar beneden terwijl hij met zijn vingers over de huid van haar onderarm streek en het blonde haar daar borstelde.

Zijn hand bereikte haar heupen, in het trekkoord van haar boxershort, en doopte haar wijsvinger onder de stof en over de binnenste ronding van haar heupen.

De tijd leek even stil te staan en haar ogen vielen op de zijne en zagen een mengeling van verlangen en onzekerheid.

Yasimina trok Arthur's boxer op zijn sterke dijen en liet hem naakt voor haar achter.

Ze had nog nooit de penis van een volwassen man gezien, laat staan een penis die zo gretig rechtop stond als de hare.

Zijn ze meestal zo lang, vroeg hij zich doelloos af?

Arthur was een lange man met lange ledematen, dus... nou ja, misschien niet.

Het was ook breder dan haar vinger, dacht ze met een lichte blos terwijl ze met haar rechterhand naar haar donkere schaamhaar reikte.

Van daaruit liet hij zijn vinger over de basis van zijn lid glijden en over zijn ballen, rond en stevig onder zijn aanraking.

De huid van zijn pik was perfect glad onder haar vingertoppen terwijl ze hem langs zijn lengte volgde, verwonderd over hoe hij zich voelde.

Arthur liet een lage grom horen toen hij de punt bereikte en zijn staart trilde onder zijn hand.

Ze liep weg, plotseling beschaamd over hoe geïntrigeerd ze was geweest.

Arthur stak zijn hand uit en streelde haar zijde door zijn wambuis. Ze glimlachte naar hem.

Het had geen zin om onder de omstandigheden verlegen te zijn, en dat leerden ze allebei.

Plotseling realiseerde ze zich dat ze grotendeels nog gekleed was en bukte zich om haar sjerp los te knopen. Ze trok haar rok opzij om de praktische short eronder te onthullen, niet het kortere slipje waar de meeste vrouwen de voorkeur aan geven. Vrouwen in deze delen.

Arthur hief zijn dubbel, zijn maag ontbloot, leek tevreden om het een beetje te strelen, en sloeg af en toe zijn ogen naar haar gezicht alsof hij het wilde bevestigen.

Dat had hij niet nodig, Yasimina was al heel blij, vol verwachting voor wat komen ging, zoals hij zeker zou moeten zijn.

Ze nam niet eens de moeite om haar rok door het gordijn te schuiven, maar gooide hem op de sprei.

Ze staarde hem aan in het schemerige licht van de ondergaande zon beneden, greep de onderkant van zijn wambuis, haakte hem onder haar borsten en liet hem toen met een plotselinge beweging los over zijn hoofd.

Yasimina was niet bijzonder trots op haar borsten.

Ze voelde zich te groot voor een krijger, scherpe rondingen die afstaken tegen haar gespierde buik en sterke armen.

Zijn paladijncollega toonde geen teken dat hij het met zijn beoordeling eens was. Zijn handen strekten zich uit om ze aan te raken met zijn slanke vingers, ze zachtjes knijpen en strelen.

Het heilige symbool van hun gemeenschappelijke God, hangend aan een lichtsnoer om hun nek, nestelde zich tegen hun decolleté terwijl hij zijn handen over haar lichtroze tepels liet glijden.

Yasimina hapte onwillekeurig naar adem door het gevoel.

Hongerig drukte ze zich tegen hem aan, ging bovenop hem op het bed liggen, haar handen nu vrij om over zijn blote rug te dwalen en weer verstrikt in zijn haar terwijl ze kusten.

Met haar blote borsten tegen de blote borst van haar minnaar, kietelden haar haar tepels terwijl haar blote handen haar heupen, billen en schouders afspeurden.

De kus ging maar door, met af en toe een adempauze, terwijl ze wanhopig elkaars lichamen verkenden.

Op een gegeven moment liet Arthur zijn handen in haar korte broek glijden om de ronding van haar billen te voelen.

Ze was zich goed bewust van zijn pik op haar dij, maar ze had er nu geen tijd voor en liet haar tongen en handen spreken terwijl ze over de lakens rolden, verloren in elkaars omhelzing.

Arthur was de eerste die zich losmaakte, nu bovenop haar, gebogen in haar armen en dan rustend op haar dijen, hijgend, ademend naar de vrouw beneden.

Na een pauze, toen ze allebei terugkwamen op wat er nog over was van hun kalmte, grijnsde hij breed en trok haar korte broek snel naar beneden, gooide ze opzij, Yasimina plotseling naakt achterliet, haar benen een beetje uit elkaar en haar borst omhoog en omlaag ademt met jouw diepte

Zijn ogen waren vol passie die zeker in de hare weerspiegeld werd.

Hij keek langs zijn borst en buik naar deze lange, fascinerende staart, die nu in een donkere schaduw gegroepeerd was.

Zijn hand streelde haar stevige buik, liet zich op haar heupen zakken en schudde haar blonde haar tussen haar licht gescheiden dijen.

'Arthur,' zei hij, voor het eerst in lange tijd sprekend, 'ik hou van je. Doe me alles aan.'

"Oh, Yasimina," hijgde hij, "ja ..."

Hij boog zich over haar heen en drukte zijn borst tegen de hare.

Hun ogen ontmoetten elkaar en elk zag de behoefte op het gezicht van de ander.

Yasimina voelde zijn pik tegen haar kruis drukken en ze onderdrukte nauwelijks een rilling van verwachting.

Hij leek niet zeker te weten wat hij moest doen en verschoof zijn positie op haar totdat hij de punt tegen haar meest intieme gebied voelde drukken.

Ze keek hem smekend aan en kon niet onder woorden brengen hoe graag ze dat wilde.

Arthur duwde de eikel van zijn pik eerst voorzichtig in haar schaamlippen en daarna met een opgetogen zucht, steeds zelfverzekerder.

Het voelde zo groot in haar, als niets dat ze ooit eerder had gevoeld, en ze schreeuwde het uit van plotselinge pijn toen zijn heupen tegen de hare begonnen te schokken.

Zijn vingernagels groeven zich plotseling in haar rug toen hij opnieuw porde, waardoor ze een tweede keer moest gillen voordat ze zich onverwacht terugtrok.

"Heb ik je pijn gedaan?" vroeg hij bezorgd bezorgd op zijn gezicht.

"Nee," loog hij, "nee, je weet gewoon dat ik dit nog nooit eerder heb gedaan."

Ondanks de pijn wilde ze heel graag dat dit niet zou stoppen.

Het had pijn gedaan, ja, maar dat kon ze hem niet vertellen.

Tegelijkertijd had het zo goed gevoeld en haar lichaam overspoeld met sensaties die de ongemakkelijke pijn verre overtroffen.

Hoe zou ik dat kunnen uitleggen?

Hoe alles zo gemengd was geweest en het genoegen was zo groot geweest dat hij er alles aan zou doen om het weer te zien.

"Neem me Arthur," fluisterde hij, "oh alsjeblieft..."

Hij duwde terug en dit keer deed het minder pijn.

Maar het plezier... oh, het plezier hield niet op.

Integendeel, het nam toe.

Hij bewoog zich tegen haar aan, zijn borst tegen haar borsten gedrukt, armen om haar schouders, heupen die in een ongemakkelijk ritme bewogen terwijl hij ongepast probeerde te reageren op haar antwoorden.

Yasimina kreunde van voldoening toen de pijn veranderde in een heerlijk gevoel dat haar volledig dreigde te overweldigen.

Het voelde zo goed in haar, zijn prachtige lange staart streelde haar meest gevoelige gebieden, bedekte ze en leidde haar naar een gelukzaligheid die ze nooit eerder had gekend.

Het kon haar niet schelen dat hij niet het juiste ritme vond, dat hij af en toe even pauzeerde om zijn houding iets aan te passen.

Niets deed er toe voor wie hij was, en ze aanbad hem erom, en voegde een verre dimensie toe buiten het vleselijke, alsof hij in een tijdloze ruimte zweefde.

Toen trok hij zich onverwacht terug, waardoor ze zich leeg en ontevreden voelde.

Hij hapte naar adem en ging naast haar op zijn zij liggen.

Misschien moest hij even diep ademhalen, besloot hij, terwijl hij zijn bezwete borst streelde.

'Het spijt me,' zei hij, 'ik...'

'Stil,' onderbrak ze, 'het was geweldig.'

"I denk..."

Deze keer legde ze hem het zwijgen op met een kus, en hij reageerde heel enthousiast en sloeg zijn armen om haar rug.

Ze draaide zich naar hem om en overlaadde hem nog steeds met kussen.

'Geweldig,' herhaalde ze ten slotte, terwijl ze achterover leunde zodat haar dijen haar heupen spreidden en zijn pik tegen haar billen drukte.

Hij glimlachte, stak zijn hand uit om haar zijden te strelen en bewoog zich toen weer om haar borsten te strelen. Hij plaagde haar harde tepels terwijl ze rustig ademhaalde.

Ze bewoog haar rechterhand naar achteren, reikte achter haar, streelde de onderkant van zijn pik en drukte hem tegen zijn vlees.

Hij greep haar, schoof langs, wreef over zijn hoofd en ging toen op zijn knieën zitten.

Hij kreunde weer bij haar naam en ze ging bovenop hem zitten en drukte zijn lengte tegen haar warme, natte kutje.

Lady Yasimina slaakte haar eigen gepassioneerde kreun, lang en woordeloos.

Nu haar gewicht op hem drukte, realiseerde hij zich dat hij niet eerder volledig had teruggeduwd.

Zijn pik was nog groter dan ze had gedacht en het enige wat ze kon doen was naar adem happen terwijl ze haar heupen op en neer bewoog tegen zijn pik.

Nu ze voorop liep, leek hij er geen enkel probleem mee te hebben haar tempo te volgen, en deze keer gingen de golven van plezier maar door.

Ze leunde naar voren, haar lange haar over haar gezicht, haar tepels raakten zijn borst terwijl hij langzaam haar billen vasthield.

Nu hijgde hij ook, zijn gezicht vol genot dat bij dat van haar leek te passen.

"Je bent zo mooi," kreunde hij.

Het was alsof zijn woorden een soort betovering verbraken toen ze haar bevrijdden van een leven vol remmingen en wat er nog over was van haar voorzichtigheid uit het raam gooiden.

Yasimina begon sneller te bewegen en reed op en neer op hem.

Haar borsten trilden terwijl ze zo hard als ze kon op zijn pik drukte.

Ze kreunde, niet eens zeker wat ze zei, hoewel ze zeker wist dat haar naam daar ergens stond, samen met de lofprijzing aan de godin.

Zijn vlees raakte het hare, zijn pik vulde haar keer op keer.

Haar haar was wild, haar tepels hard tegen zijn handen terwijl ze haar minnaar harder en sneller bereed en hem woordeloos smeekte om haar vrij te laten.

Toen ze een climax bereikte, was het alsof niets wat ze zich had kunnen voorstellen dat haar bijna deed huilen van vreugde toen ze voelde dat Arthur zijn sperma ook in haar pompte en een lange kreun van ongebreideld genot uitsloeg.

Ze rolde uiteindelijk op hem af, lag naast hem, haar lichaam trilde van de nasleep van het orgasme en omhelsde hem met haar armen terwijl ze zachtjes kusten.

Ze nestelde zich tegen hem aan, haar lichaam tegen elkaar gedrukt.

De dingen waren voor altijd veranderd.

HOOFDSTUK XXXXVII
ZULA

De villa leek stil toen Zula de trap afliep naar haar kamer.

Ze had lang geslapen na de gebeurtenissen van de vorige nacht, maar was geschokt toen ze ontdekte hoe hoog de zon aan de hemel stond toen ze eindelijk wakker werd.

Tegen die tijd zou je normaal gesproken verwachten dat het dorp vol ochtendactiviteiten zou zijn, maar er was niemand te bekennen.

Misschien waren ze buiten aan het opruimen.

Hij onderdrukte een geeuw en streek met zijn vingers door zijn haar. Hij ging de grote hal van de villa binnen.

Het leek alsof iedereen klaar was met ontbijten en er was niet veel meer over voor zelfs de kleinste maag van een kobold.

Ze nam een overgebleven appel en nam er een hap uit toen iemand stilletjes achter hen de kamer binnenkwam.

'Kan ik iets voor je halen? Er is veel in de keuken.'

Hij draaide zich om en zag Yakin zoals altijd beleefd en discreet staan.

'Nee, het geeft niet, ik kan wachten tot de lunch. Hoe dan ook, het kan een beetje laat zijn voor het ontbijt.'

"Natuurlijk."

'Waar zijn de anderen eigenlijk?'

Ik geloof dat Lady Yasimina in de tempel is en Valeria ging naar haar vriendin in de Scroll Shop. Ik ben niet zeker over Conan en Snagg; ze zeiden niet waar ze heen gingen".

'Misschien moet ik eens kijken hoe het zit,' gaf hij toe, 'in plaats van te slapen. De ramp van afgelopen nacht leek behoorlijk wijdverbreid.'

"Je hebt al veel gedaan!" snauwde de jongeman, levendiger dan hij gewoonlijk was, "alles wat je in de tempel hebt gedaan, zoveel mensen leven dankzij jou. Je kunt je niet schuldig voelen als je niet meer doet!"

Ze lachte; Het voelde goed om te weten dat ze mensen echt had geholpen, ook al schaamde ze zich toen ze eraan herinnerde dat dit niet haar eerste gedachte was.

Ze was natuurlijk een avonturier geworden voor haar eigen doeleinden, niet uit een verlangen om de fouten van anderen te corrigeren, zoals Yasimina had gedaan ...

Maar als ze dacht dat ze het toch deed, voelde ze zich soms warm, op haar gemak, wat ze niet erg gewend was.

'Dank je, Yakin,' zei hij, 'het is erg aardig van je om dat te zeggen.'

Hij tekende de woorden en keek naar de grond. Hij zei:

"Het is de waarheid. Ik weet dat je een avonturier bent en deze dingen de hele tijd onder ogen ziet, maar de rest van ons daar in de tempel niet, en je hebt mijn leven gered, samen met dat van alle anderen. Ik ben." je vrijlating... ik weet niet wat er zou zijn gebeurd als je er niet was geweest."

'Nou,' zei ze, een beetje in verlegenheid gebracht door de lof, vooral gezien van wie het afkomstig was. "Je hebt ook moed getoond. Gezien hoe je zegt dat je zulke dingen niet gewend bent. Nadat de demon je hier aanviel. Je hebt niet geprobeerd ons te verlaten zoals anderen dat misschien hebben gedaan. Dus moeten we jou ook bedanken."

"Het is niet hetzelfde. Trouwens, ik kon je niet verlaten, niet na alles wat je hebt gedaan. Ik bedoel iedereen. En we zullen je in actie zien, dood die ondoden met je zwaard en geef niet toe. Het was je." echt mooi. "

Ze verstijfde, de appel halverwege haar mond.

Had hij zojuist gezegd wat ze dacht dat hij zojuist had gezegd?

Of speelde zijn geest parten?

'Uh, ik bedoel...' zei hij en plotseling bloosde, 'het was... het was mooi zoals jij... hij... ik bedoel... ik bedoel niet dat je... eh , nee. is dat je niet ... "

"Dus je denkt dat ik mooi ben?" vroeg ze, terwijl ze nauwelijks stotterde terwijl ze probeerde te begrijpen wat hij haar probeerde te vertellen.

"Nou ... ja ... maar echt, het is niet ..."

'Maar je bent een mens,' zei hij, wijzend op het voor de hand liggende.

'Nou, dat zou natuurlijk nooit werken.'

Hij slikte moeizaam, bloosde nu en keek niet in zijn richting.

Zula stopte, de appel nog in de hand, terwijl ze probeerde te verwerken wat ze hoorde.

Het had hem zo vanzelfsprekend geleken dat er nooit een kans zou zijn om je fantasieën op de proef te stellen.

De barrière tussen hun respectieve rassen leek altijd zo onoverkomelijk, en het was nooit bij hem opgekomen dat hij hetzelfde zou voelen.

Maar daar had hij net op gezinspeeld, nietwaar?

Dat hij ook wenste dat er een manier was om het obstakel te omzeilen?

Wat natuurlijk niet bestond, waar ze soms ook van droomde.

Maar maakte dat dingen echt onmogelijk of gewoon ... anatomisch ongemakkelijk?

'Ik denk dat ik nu moet gaan,' zei de jonge man, nerveuzer dan ik hem ooit had gezien, zelfs toen hij werd geconfronteerd met een binnenvallend leger van ondoden.

"Niet doen!" zei ze hardop, terwijl ze haar arm uitstak en het moment niet voorbij wilde laten gaan.

Hij keek naar haar op, verward door de dringende toon van haar stem.

Zula probeerde een reden te vinden om hem tegen te houden.

Een van hen kwam uit het niets naar haar toe: het had tenslotte voor Boris gewerkt.

'Ik moet wat kleren wassen,' zei hij, 'in mijn kamer. Als u ze wilt ophalen, alstublieft.'

'Natuurlijk,' zei hij opgelucht en liep naar de trap.

Zula liet haar half opgegeten appel achter en rende achter hem aan.

'Ik weet zeker dat ik haar kan vinden,' zei hij, waarschijnlijk verbaasd dat ze hem volgde.

'Laat me het je laten zien,' zei ze ademloos en draafde de trap op zo snel als haar korte benen konden dragen.

Yakin keek de kamer rond op zoek naar afgedankte kleding.

Toen hij er geen zag, ging hij natuurlijk naar de kast, maar tot dan toe stond Zula vlak achter hem en trok haar leren jack uit.

'Laten we gaan,' zei hij, terwijl hij het uitspreidde.'Ik denk dat hij zich vies heeft gemaakt na de deal met de ondoden van gisteren. Sommigen van hen roken een beetje.'

'O, dat klopt,' zei hij een beetje onzeker en nam het aangeboden kledingstuk aan.

Daaronder droeg hij een licht linnen overhemd met lange mouwen en een knoop om zijn nek.

Ze was nauwelijks meer bang voor vrouwenkleding, maar lange jurken en rokken waren het nooit.

Het was niet alleen dat ze ongemakkelijk waren tijdens het avontuur; Ze voelden zich gewoon ongemakkelijk, alsof ze zich als iemand anders kleedde.

Het was veel beter zijn gebruikelijke leren jack en legging te dragen dan vanmorgen.

Zula trok zich van Yakin los en sloot de deur met een zachte klik.

Toen trok hij zijn overhemd van de riem van zijn broek en trok het over zijn hoofd.

Natuurlijk droeg hij er niets onder en hield hij nederig zijn linkerarm voor zijn borst terwijl hij zich naar Yakin wendde en het shirt met de andere vasthield.

'Dat denk ik ook. De besmetting lijkt alles door te dringen, vind je niet?'

De ogen van de jongeman waren groot en helder op haar gericht en zweefden over haar blote buik, armen en schouders.

Hij keek naar beneden en zag tot zijn toenemende opwinding een bult die zich begon te vormen te midden van Yakins eigen bevingen.

Het feit dat de bobbel zich ter hoogte van haar hoofd bevond, duwde haar tijdelijk naar achteren en herinnerde haar aan het bewijs van hun schijnbare onverenigbaarheid.

De mensen waren zo groot, met alles dat op andere manieren op kobolden leek!

Hoe ver zou dat kunnen gaan?

Kennelijk probeerde Yakin passende woorden te vinden toen hij voorzichtig naar zijn hemd reikte en de rode vlek op zijn wangen weer uitspreidde.

'Zou dat alle kleren zijn?' vroeg hij zenuwachtig.

'Hmm,' zei ze, alsof ze het idee overwoog voordat ze hem plaagde, 'denk je dat ik ook mijn broek moet uittrekken? En mijn slipje?'

"Dat is niet wat ik..."

Zula kon een grinnik niet onderdrukken om de geschokte uitdrukking op zijn gezicht.

"O, ontspan!" zei ze en merkte op dat hij nu duidelijk zijn overhemd en jas vasthield zodat hij zijn kruis voor haar zicht verborg. 'Je zei net dat je me mooi vindt, dus hoe erg kan het zijn?' Zijn stem zakte een beetje. "Meende je het echt?"

Hij knikte zwijgend voordat hij kalmeerde en eraan toevoegde:

'Ik zou waarschijnlijk weer aan het werk moeten gaan.'

'Je dwaalt door het huis. Wil je zeggen dat je me nog nooit hebt uitgekleed?'

"Niet doen!"

Hij leek eerlijk, wat volgens haar nogal typerend voor hem zou zijn. Ze besloot hem niet te vertellen dat haar privacy niet zo heilig was. In plaats daarvan glimlachte hij en zei:

'Nou, nu is je kans,' en ze hief beide armen boven haar hoofd, strekte haar hand uit en boog haar rug om haar blote borsten naar voren te duwen.

Nog steeds zo uitgestrekt, dacht ze dat ze nauwelijks bij haar borst zou kunnen komen als ze dichtbij genoeg waren om het te proberen.

Yakins ogen sprongen bijna uit zijn hoofd.

"Zula!" hijgde ze, "val me alsjeblieft niet zo lastig!"

'Vind je me nog steeds mooi?' vroeg hij, terwijl hij een hand bewoog om een ronde borst vast te pakken en zijn vingers omhoog schoof om een roze tepel te strelen.

Toen deed ze een paar stappen naar hem toe en haar heupen zwaaiden verleidelijk.

"Oh godin, ja...", kreunde hij, "maar je weet dat we het niet kunnen! Je bent zo klein en delicaat, en ik weet dat je niet kunt geloven dat een persoon kan....".

"Klein en delicaat?" schreeuwde ze, eigenlijk een beetje beledigd.

En alleen omdat hij een mens was!

Ze rende naar hem toe en rukte zonder zenuwen zijn achtergelaten kleren van zijn vingers.

"Ik zal je laten zien hoe 'klein en delicaat' ik ben!"

Ze greep zijn heupen, draaide zich om en gaf hem een plotselinge duw.

Verbaasd, en misschien ontdekkend dat ze sterker was dan hij had gedacht, wankelde Yakin, sloeg zijn benen tegen het bed achter hem en viel toen achterover op de matras.

Zula sprong meteen achter hem aan.

Het was een bed van mensenmaat, wat het voor haar luxueus maakte, hoewel dat feit ook andere voordelen begon te krijgen.

Ze kroop op zijn uitgestrekte lichaam, haar handen tegen zijn beklede borst gedrukt totdat ze hem van aangezicht tot aangezicht ontmoette.

'Het spijt me, ik...' begon hij, maar ze liet hem niet uitpraten.

"Jij grote, grote idioot!" Ze schreeuwde half: 'Hoe vaak denk je dat ik in dat bed aan je heb gedacht? Dat je de verkeerde maat hebt, betekent niet dat ik... oh, verdomme...'

Ze pakte zijn hoofd met beide handen vast, trok hem naar zich toe en kuste hem hartstochtelijk op de mond.

Hij voelde zich vreemd, zijn mond was groter dan de hare, hoewel het verschil veel kleiner was dan ze zich had kunnen voorstellen.

In het begin leek hij verlamd en doof, maar na een tijdje begon hij zacht te antwoorden, zijn lippen scheidden en zijn tong gleed tegen de hare.

Ze trok hijgend naar achteren om hem beneden aan te kijken.

Hij leek eindelijk in het reine te komen met de situatie en de blos op zijn gezicht leek nu meer opwinding dan verlegenheid.

'Godin...' hijgde hij, 'echt... de hele tijd?'

"Je hebt geen idee!"

Yakin reikte koortsachtig naar haar, liet grote handen over haar trillende zijkanten glijden en kneep zachtjes in haar borsten.

Zijn handen waren verrassend zacht, maar zijn greep was stevig en hij kreeg meer zelfvertrouwen toen hij ze streelde en zijn duimen tegen haar tepels wreef.

In een opwelling gooide ze een been over zijn borst, ging op hem zitten en duwde zichzelf omhoog zodat haar handen de lakens aan weerszijden van zijn hoofd grepen.

Yakin bewoog gretig zijn tong en wreef over de heuvels die boven hem hingen. Ze kreunde en bewoog haar lichaam terwijl het bewoog om van elke pagina te genieten.

Ze hapte naar adem en boog zich voorover om hem opnieuw te kussen. Deze keer grepen zijn handen haar blote rug en reikten door de leren kleding naar haar billen.

Hij probeerde zijn riemgesp te grijpen, maar het was in een ongemakkelijke positie dat hij op dat moment tegen zijn borst drukte.

Hoe dan ook, ze trok zich van hem terug, hield zijn shirt in haar handen en verlichtte haar trillingen terwijl hij haar lichaam manoeuvreerde.

Ze deed het om haar borst en streek met haar vingers over zijn blootliggende buik.

Toen hij probeerde het kledingstuk over zijn hoofd te trekken, hoger tot aan zijn borst.

Zijn buik was plat, zoals ze al wist, en hoewel hij niet bijzonder gespierd was, was hij ook niet dik.

Zijn handen gingen over het blonde haar op zijn borst (er was relatief weinig, vermoedelijk omdat hij nog een jonge man was en geen menselijke gril) en over haar roze tepels, terwijl hij zijn vingertoppen tegen haar stevige vlees drukte.

Ze gleed naar beneden en streek met haar handen over zijn lichaam terwijl ze zich naar hem omdraaide en de duidelijke lijn van zijn kaak bewonderde en het nu enigszins verwarde haar.

Hij keek hem in de ogen en zag dat ze naar zijn bewegingen keken met een aanbidding die hij zich nooit had kunnen voorstellen.

Hij zag haar voor wie ze werkelijk was.

En nu was er een warmte in haar maag, een verlangen van ongelooflijke intensiteit, toen ze besefte dat al haar fantasieën tegelijk uitkwamen.

Ze vroeg zich bijna af of ze droomde, maar het was allemaal zo echt, zijn lichaam was zo warm tegen het hare en raakte eindelijk fysiek aan wat ze zo vaak van een afstand had bewonderd.

Zijn vingers trilden toen hij de taille van haar dijen bereikte terwijl hij probeerde de banden los te maken en te stoppen om te balanceren, iets wat hij nog nooit eerder had gedaan met zelfs de meest ingewikkelde en duivelse krullen.

Hij was eindelijk in staat om de broek over zijn dijen te trekken en met zijn handen over de binnenkant te gaan voordat hij stopte.

Plotseling waren zijn ogen gericht op Yakins boxershort en de kenmerkende vorm eronder.

Ze slikte moeizaam en probeerde de moed te vinden om de volgende stap te zetten.

'Zula...' zei hij, maar stopte toen en leek niet in staat te uiten wat er in hem opkwam.

Het geluid van zijn naam dreef haar in actie en ze trok zachtjes zijn korte broek naar beneden en keek hoe zijn pik trots opsteeg uit zijn schaamhaarnest.

Ze had het natuurlijk al eerder gezien, hoewel ze het hem nooit zou vertellen, en ze had een idee wat ze kon verwachten.

Maar nooit zo, helemaal vol energie en zo dichtbij.

Het was groot.

Misschien, dacht hij, niet zozeer naar menselijke maatstaven, maar zelfs dan zou het groot genoeg kunnen zijn.

Langzaam, met bonzend hart, leunde ze dichterbij en durfde haar elleboog tegen de lies van de man te leunen.

Ze lag met haar arm naast haar en ontdekte dat haar pols niet eens de punt bereikte en dat haar vingers er nauwelijks voorbij kwamen.

Yakins rechtopstaande staart was zo groot als zijn onderarm.

Het was ook niet alleen de lengte, dacht hij terwijl hij zijn arm verwijderde en de ronde bollen van de mens begon te strelen.

De enorme omvang was opmerkelijk in vergelijking met alles wat hij in een kobold had gezien.

Hij streek met zijn hand over de gladde huid van het lid en strekte zijn behendige vingers uit om er omheen te cirkelen... maar het was te groot en te breed voor zijn vingertoppen om elkaar aan de andere kant te ontmoeten.

"Oh mijn godin ...", ademde ze en haar blik was gericht op de enorme ledemaat voor haar.

'Het spijt me,' zei Yakin met een spijtige stem.

'Er zijn andere opties,' zei hij zacht.

"Wat?" vroeg hij bezorgd.

"Om te beginnen: de ..."

De kobold boog zich voorover, kuste de basis van zijn staart en pikte in de huid van zijn scrotum voordat hij met zijn tong over de hele onderkant van zijn lid ging.

Al snel lag de punt voor haar en ze strekte haar vingers uit en liet Yakins voorhuid zakken tot de glanzende kop zichtbaar was.

Hij streelde haar, zijn behendige vingers brachten zijn menselijke minnaar naar adem van waardering voordat hij kusjes plantte op het gladde oppervlak.

Ze verschoof haar houding een beetje, liet zijn ballen tegen haar buik wrijven en hield haar hoofd met haar mond zo wijd mogelijk open.

Verrassend genoeg was het nog steeds niet genoeg, maar ze kon tenminste haar lippen om zijn topje wikkelen, hem met haar tong slaan en genieten van de druppels van zijn voorvocht.

"Oh oh godin... Zula..." kreunde hij, terwijl zijn heupen onwillekeurig onder haar bewogen, met de ongelukkige bijkomstigheid dat zijn pik uit de weliswaar onvaste greep van haar mond gleed.

Hij greep haar schouder en trok haar terug naar zijn gezwollen erectie, maar deze keer brak de schurk weg.

'Het is mijn beurt,' zei hij en kroop tussen haar benen om naast haar te knielen.

Hij maakte zijn riem los, trok eraan en bukte zich om zijn laarzen uit te trekken.

Yakins handen waren al om haar middel en trokken aan de broek die hij om haar knieën had voordat hij haar laarzen uittrok.

Ze rolde zich op haar rug en trok behendig de rest van haar bovenkleding uit. Haar benen waren uit elkaar gespreid om haar slipje te onthullen.

"Laat me je zien", ademde de mens en hielpen allebei om het laatste stukje stof over zijn flexibele dijen te duwen.

Zula trok haar slipje van het bed om haar andere kleren af te maken. Ze ging op haar knieën zitten, liet haar rechterborst rusten met de ene hand op de andere en gleed de andere over haar buik om tussen haar benen te rusten. Ze voelde het nat daar.

"En lekker?" Zij vroeg.

"Zo mooi," zei hij en was verbaasd. "Waarom konden we niet... Waarom hebben we dit niet eerder gedaan?

Ze sprong op en deed een uitval naar hem, haar benen gespreid over zijn borst en kuste hem opnieuw, een lange kus vol lang ontkende passie.

Zula trok zich uiteindelijk terug, kromde haar rug en kroop over haar gezicht.

Yakin regende kussen langs haar nek, schouders en borsten en zoog op haar harde tepels met schijnbaar genot, maar ging weer omhoog.

De lippen van de mensenman gingen over haar buik, die huiverde bij haar aanraking, maar Zula wilde het lager hebben, dus trok ze zichzelf op tot haar knieën de lakens aan weerszijden van haar hoofd bereikten.

Ze spreidde haar dijen over hem heen terwijl ze naar hem keek en zag dat hij haar weer met verbaasde ogen aankeek.

"Lik me," eiste hij, "lik mijn kutje, yakin. Steek je tong in mijn kutje."

Het was een beetje ongemakkelijk om zo over hem heen te hurken, maar het was het waard toen hij voelde hoe de lange tong van zijn geliefde haar natte rimpels streelde en dan in haar voelde.

Zijn eerste aanraking van haar meest intieme delen was een moment van pure gelukzaligheid, en ze zuchtte van opluchting voordat ze langzaam haar heupen heen en weer wiegde tegen hem.

Godin wat voelde het goed!

Hij stak een hand uit om haar vast te houden terwijl die steviger tegen zijn mond drukte.

Ze wierp een blik op de plek waar de hand haar schouder vasthield en glimlachte plotseling toen ze een idee kreeg.

'Ik heb een beter idee,' zei ze, terwijl ze haar gezicht van hem afwendde.

"Ja?"

Ze hield zijn hand vast en kuste hem.

'Je mag anders te groot zijn, maar daarin,' streelde hij haar wijsvinger, 'zie je er perfect uit.'

Ze trok haar benen van hem af, draaide zich om en bood haar rug aan aan de geschokte blik van de mens.

Zijn pik ging voor haar omhoog en ze greep hem vast en liet haar hand langs zijn lengte glijden. Haar gezicht drukte bijna tegen zijn kruis boven hem.

Hij stelde zich zo in dat zijn benen zo wijd waren als hij comfortabel aankon, en hij bleef zijn pik masseren.

Ze schreeuwde terwijl hij zijn vinger in haar pijnlijke kut stak zonder verdere instructies nodig te hebben.

Het had bijna precies de grootte van een koboldenstaart en varieerde niet veel in vorm of dikte.

Ze drukte haar heupen tegen zijn hand en nam het allemaal in zich op terwijl ze naar adem snakte van genot.

"Geef het aan mij, yakin!" smeekte ze: "luider, sneller!"

De jongeman reageerde enthousiast en bewoog zijn vinger steeds sneller in en uit terwijl ze hem bleef strelen en schreeuwde af en toe bemoedigende woorden.

Ze kon niet lang meer duren.

Het was niet alleen de manier waarop hij zijn hand bewoog, de manier waarop hij hem vulde, maar het simpele feit dat hij het was, na al zijn dromen en de tijd die hij besteed had aan zichzelf verwennen.

De opgekropte frustratie verzamelde zich in haar en zou niet langer worden ontkend.

De schurk schreeuwde woordeloos toen ze aankwam, haar kutje omhelsde zijn natte vinger en haar hand kneep de enorme pik voor haar zo strak dat Yakin een grom van plezier en pijn slaakte.

Ze hapte naar adem toen hij zich terugtrok. Haar borst zwoegde toen ze op haar knieën viel om naast hem te gaan zitten.

Hij veegde een bezwete pluk haar uit zijn gezicht.

'Nou,' zei hij, 'het was het wachten bijna waard.'

Hij glimlachte schaapachtig, en toen gingen zijn ogen naar zijn rechtopstaande staart, die net boven zijn buik uitstak.

In tegenstelling tot haar moest hij nog steeds dragen om tevreden te zijn.

"Wat zou je leuk vinden?" vroeg ze ondeugend.

'Ik weet het niet...' zei hij zonder zijn ogen van haar gezicht af te wenden, 'het is nog nooit zo geweest.'

'Nou, ik denk niet dat we niet meer zijn...' Hij genoot van het woord en streek met zijn tong over zijn lippen. "... 'Opties'. Nog niet."

Ze leunde naar voren, kuste het puntje van zijn pik opnieuw en dacht toen na over hoe het leek alsof ze het leuk vond om naar zijn gezicht te kijken, en waarom niet, aangezien ze het leuk vond om haar eigen reacties te zien?

Ze hurkte voor hem tussen zijn benen.

De kobold moest een beetje leunen om haar gezicht tegen zijn staart te drukken en keek op om zijn verrukte uitdrukking te zien.

Hij likte de onderkant van de punt, liet een wellustige kreun horen en ging toen omhoog om met zijn tong over het lichtere oppervlak te gaan.

Yakin stak zijn hand uit om haar te ondersteunen, pakte haar licht hangende borsten en was duidelijk blij te ontdekken dat haar tepels nog steeds hard waren.

"Vind je het zo leuk?" vroeg hij, zijn hoofd even opheffend van zijn taak.

Hij knikte zonder iets te zeggen.

"Wat dacht je van?" Ze ging omhoog, drukte een borst tegen zijn pik, wreef met haar tepel over de onderkant van zijn eikel, haar ballen drukten tegen zijn buik.

Zijn staart trilde krampachtig en gaf haar het antwoord dat ze nodig had.

"Ik denk dat ik weet wat je nodig hebt," zei ze tegen hem en verschoof haar houding totdat zijn enorme lul op haar buik rustte.

Ze duwde dieper en kneep in haar borsten zodat hij tegen haar decolleté drukte.

Toen begon ze verleidelijk op en neer te bewegen, zijn pik tussen haar tweelingheuvels wrijvend, soms zijn hoofd met één vrije hand strelend en hem de hele tijd in de ogen kijkend.

'Godin...' gromde hij en zijn heupen begonnen te schokken tegen de lakens, waardoor ze een moment bijna uit balans raakte voordat ze aan zijn bewegingen gewend raakte. "Oh Zula, je bent zo mooi!"

Hij drukte nu harder tussen haar borsten, zijn ballen sloegen tegen haar terwijl zijn heupen op en neer pompten.

Zijn gladde, bezwete pik gleed tegen haar huid terwijl hij haar zo goed mogelijk in haar decolleté probeerde te houden, terwijl hij in zijn eigen tepels kneep terwijl hij adem fluisterde.

Hij riep haar naam luider.

"Oh godin, ik zal..." hij duwde nog een laatste keer omhoog, zijn pik geklemd tussen Zula's glibberige borsten, "... KOM!"

Haar hoofd was een beetje gekanteld toen het kwam, en de eerste stroom raakte haar kin.

Ze verwonderde zich over de kracht en het volume, die zelfs naar menselijke maatstaven indrukwekkend waren.

Maar het was niet de laatste keer en toen ze zijn pik bleef strelen en knijpen, kwam hij nog drie keer.

Met fonteinen van vloeistof die snel achter elkaar omhoog gutsten en op zijn schouders en op zijn eigen heupen spatten.

Eindelijk begon ze te ontspannen en Zula rolde op haar hielen, met wijd opengesperde ogen.

"Wauw..." mompelde hij en probeerde met zijn arm zijn kin af te vegen, maar slaagde er alleen in het sperma verder te verspreiden.

Hij voelde een stroom over zijn schouder en op zijn borst lopen voordat hij eindelijk stopte.

Toen trok ze zich van hem los, pakte een handvol lakens en gebruikte die als een veel effectiever washandje.

'Ik denk dat je nu wat moet schoonmaken,' zei hij met een glimlach.

Nadat ze zich zo verstandig mogelijk had opgeruimd zonder zich te verontschuldigen voor het nemen van een bad, ging Zula naast haar menselijke minnaar liggen, sloeg haar armen om zijn brede borst en drukte haar hoofd tegen hem aan.

Ze voelde zijn arm zachtjes om haar heen en hoorde het geluid van haar ademhaling toen ze weer normaal werd.

"Ik denk dat je dat toen leuk vond?" Zij vroeg.

'O ja! Ik denk dat je gelijk had dat we meer opties hadden.'

"Niets is echt onmogelijk als je het opgeeft. Ik denk dat we er eerder over hadden moeten nadenken."

Hij knikte en ze bleven nog een tijdje bij elkaar toen de zon voor het raam opkwam.

Er leek nog niemand thuis te zijn gekomen en Zula vroeg zich af hoeveel tijd ze voor zichzelf zouden hebben. Hij hoopte dat het lang genoeg was om erachter te komen wat hij echt wilde weten.

'Ik denk dat ik er nu klaar voor ben,' zei ze na een tijdje en bevrijdde zich van yakin.

"Klaar voor wat?" vroeg hij slaperig.

"Ik denk dat je het al weet."

Ze gleed langs zijn lichaam naar beneden.

Zijn pik leek niet zo groot nu hij slap was, maar toen hij er met zijn hand doorheen ging, voelde hij dat hij begon te harden en te groeien.

De mens gromde van plezier en kwam langzaam weer bij zinnen.

Toen werden haar ogen groter toen ze zijn groeiende pik tussen haar dijen stopte en over zijn pik heen en weer wreef.

'Nee, Zula, dat kan niet...' zei hij en plotseling begreep hij haar bedoeling.

"Mag ik proberen."

'Maar ik wil je geen pijn doen!'

'Je zou me nooit pijn kunnen doen, yakin.'

"Ik denk dat ik het kan!"

Ondanks zijn protesten bleef ze tegen hem wrijven totdat hij weer heel hard was.

Ze stond op en merkte dat ze gedeeltelijk over hem heen moest klimmen, haar knieën tegen haar heupen drukkend.

Zelfs in deze positie raakte zijn staart de dijen.

Even, toen ze boven hem zweefde, overwoog ze serieus om zijn advies op te volgen.

Maar slechts voor een seconde.

Zula drukte de kop van Yakins staart tegen haar schaamlippen en dwong zichzelf naar beneden.

Ze schreeuwde hardop toen de enorme omvang haar uitstak en haar vulde met ongelooflijke sensaties die ze nog nooit eerder had meegemaakt.

Hij realiseerde zich dat hij niet eens helemaal binnen was en dwong haar dijen om op het te grote lid te drukken.

Ik zou 's ochtends pijn hebben.

Het was eigenlijk nog ochtend, dus 's middags zou ze pijn hebben.

Zeer pijnlijk.

Maar het kon haar niet schelen, iets zou het waard zijn.

"Godin!" Yakin schreeuwde: "Je bent zo sterk!"

"Fuck het allemaal!" ze schreeuwde bijna waanvoorstellingen naar hem, "Lieve godin, yakin! Neuk me gewoon!"

Het was in het begin moeilijk om een grote stap te zetten, het was zo groot, maar een combinatie van de groeiende nattigheid en pure vastberadenheid deed haar verder gaan.

Yakin's massieve lul bewoog in en uit de pijnlijke kut van de kobold terwijl haar dijen worstelden om hem lager en lager te krijgen, haar kut strak tegen de machtige breedte van hem.

Ze kreeg hem niet tot op de bodem; dat was anatomisch onmogelijk, maar ondanks wat heilig was, zou hij er zo dicht mogelijk bij komen.

Zula gooide haar hoofd achterover en schreeuwde van vreugde. Haar borsten stuiterden terwijl ze met toenemende kracht op en neer pompte.

Yakin kreunde nu ook luid, zijn handen trilden op haar heupen terwijl hij haar spietste, maar ze kon hem nauwelijks horen door haar eigen geschreeuw.

Hij wist niet wat hij zei, als hij al iets zei, wist hij alleen dat zijn geschreeuw van ongebreidelde vreugde door de kamer galmde terwijl die glorieuze, prachtige, enorme lul steeds maar weer bonsde.

Ze schreeuwden mee, niet te onderscheiden van de vorige, terwijl het grootste en meest spectaculaire orgasme dat ze ooit had gekend haar tot een bijna totale fysieke ineenstorting bracht.

Ze voelde dat Yakin zijn zaad in haar morste, maar deze keer minder dan daarvoor.

Zoals het anders had kunnen zijn, bleef hij haar vasthouden terwijl ze langzaam kalmeerden en elkaar streelden in de gloed van een climax.

Ten slotte trok hij zich terug en het voelde alsof ze een kloof tussen haar benen had achtergelaten.

Zula zakte onbeschrijflijk in elkaar en verlangde ernaar de droom te vergeten.

Hij vroeg zich even af hoe hij aan anderen zou uitleggen wat zeker een plotseling onvermogen om te lopen zou zijn ...

HOOFDSTUK XXXXVIII
VALERIA

Valeria's ongemak nam toe toen ze de hoek omsloeg naar de straat waar Onna woonde.

De hele ochtend had ze zichzelf voorgehouden dat er niets was gebeurd.

De aanval van ondoden had zich geconcentreerd op de tempels en, in mindere mate, de rotonde en de belangrijkste markten van de stad.

Onna woonde zo veilig, ver genoeg weg om veilig te zijn.

Maar wat als ze niet thuis was?

Ze had kunnen gaan winkelen of zelfs tot Mimir, haar favoriete godheid, kunnen bidden.

Hij wist niet eens hoe het de Tempel van de God van Kennis verging, aangezien minstens drie andere tempels zwaar hadden geleden tijdens de aanval.

Het geloof dat er iets verschrikkelijks was gebeurd, begon aan haar te knagen.

Was ze naïef geweest om die mogelijkheden eerder op de dag uit te sluiten?

Toen ze wakker werd uit een lange en comfortabele slaap, scheen de zon al door het raam, en de gedachten aan haar triomfen van de vorige avond hadden haar in een goed humeur gebracht en weigerde donkere gedachten te overdenken.

Ze had een paar van haar mooiste kleren aangetrokken, een witte elfenjurk van zijde en kant en het zachtste katoen.

De rokken waren lang, bijna tot op de grond, minder praktisch dan haar normale kleding, met een strakke gouden top en lange buitenmouwen die vrij over haar ellebogen gleden.

Ze zong zelfs als ze haar haar kamde, haar lange gouden lokken vlecht en de bladvorm van haar oren accentueerde.

Een zilveren filigrane cirkel maakte het effect compleet.

En ook zij had een dunne halsketting met een kleine smaragd uitgekozen, die zich nu direct boven haar borst tegen haar blote huid nestelde.

Ze was blij geweest dat ze nog leefde en een nieuwe dag verwelkomde, zoals ze zo vaak had gedaan nadat ze de gevaren van haar avontuurlijke carrière onder ogen had gezien.

Maar nu begon zijn geest zich te vullen met verschrikkelijke mogelijkheden.

Hoe had hij zulke redelijke angsten kunnen verwerpen?

De stad had het niet ongeschonden overleefd.

Wat als Onna gewond was of erger?

De gedachte was te verschrikkelijk om over na te denken; Zijn hart bonsde in zijn borst terwijl hij sneller begon te lopen. Een koud zweet van angst vormde zich op zijn sierlijke wenkbrauwen.

Ze was gisteren niet bang geweest, althans niet zo.

Er waren korte uitbarstingen van angst geweest, ja, maar niet de zielvernietigende angst die nu aan haar klampte.

Dus had ze gevochten voor haar leven, voor het leven van iedereen in de stad, en ze had weinig tijd gehad om over iets anders na te denken dan over tactiek en vechten.

Het was heel anders, een ervaring die haar bijna onbekend was.

Ze stopte bijna om een gebed uit te spreken tot de Vrouwe van het Bos, Muriela en elke godheid die luisterde, maar ze wist dat het nu geen verschil meer zou maken, en haar voeten droegen haar onverbiddelijk snel naar het huis van haar minnaar.

* * *

De winkel was voor haar, met Onna's appartementen bovenaan.

Het was intact!

Maar wat betekende dat eigenlijk?

En de ramen waren gesloten, de hele plaats gesloten.

Dat zou niet het geval moeten zijn op dit uur van de dag!

Ze slaakte een bezorgde kreet terwijl ze haar rokken optilde en begon te rennen, de achterdeur opendeed en de smalle trap naar de slaapkamerdeur beklom, waarbij ze dringend met haar kleine vuist op de deur bonsde.

Het leek een eeuwigheid te duren hoe lang het duurde om te openen.

'Wat een haast...' zei Onna, 'wie is... Valeria!'

"Ben je oke!"

"O, ik was zo..."

Hij gaf de menselijke vrouw geen kans om de zin af te maken en wierp zich bijna in zijn armen.

Hun lippen ontmoetten elkaar in een lange, hartstochtelijke kus en het duurde even voordat ze loslieten, en Onna had de tegenwoordigheid van geest om de deur achter zich te sluiten.

"Ben je oke!"

"Ik zei net dat..."

"Nou jij bent!"

"Hetzelfde".

Ze lachten, kruisten elkaar nog steeds, omhelsden elkaar, stonden op en zaten ineengedoken bij de ingang van het appartement.

'Ik wist dat je er middenin zou zitten. Ik was zo bezorgd.'

"Ik dacht dat er iets met je was gebeurd".

'Nee, het was hier niet in de buurt.'

'Maar waarom is de winkel gesloten?'

'Niemand weet of ze terugkomen. De stad is in paniek. Sindsdien is het niet meer gebeurd... sinds ik niet weet wanneer. Het kon niet worden geopend.'

'Het is voorbij. Het is voorbij. We hebben je gearresteerd. We hebben ontdekt wie je was en hebben je gearresteerd.'

'Dus jij was het? Dat moet gevaarlijk zijn geweest. Oh mijn god, ben je gewond?'

'Nee, ik ben in orde. Echt,' ze streek met haar hand door Onna's bruine lokken, 'en jij ook, wat belangrijk is.'

Zo bleven ze een tijdje en keken elkaar in de ogen voordat Onna eindelijk de stilte verbrak.

'Je lijkt bijna net zo blij me te zien als ik ben om jou te zien. En jij bent degene die jezelf in gevaar brengt. Kom binnen en ga zitten. Kan ik wat thee voor je halen of zo?'

Ze sloeg het aanbod van thee af, maar gaf in ieder geval toe om haar vriendin te omhelzen en ging op de rand van de bank zitten.

Onna ging naast haar zitten en legde haar arm op Valeria's schouder.

"Oh, je jurk is zo mooi!" zei ze, blijkbaar had ze het voor het eerst gezien: "Deze heb ik nog nooit eerder gezien. Het is zo mooi en... oh, is het echt zijde? Het heeft zo'n mooie glans. En kijk naar mij; ik ben niet aangetrokken om bezoekers in absolute termen te "ontvangen".

Wat waar was.

Valeria wist dat haar vriendin een collectie elegante jurken had, maar vandaag droeg ze nonchalant een goedkoop bruin mouwloos vest over een effen witte blouse met een donkere knielange rok en leren schoenen.

Sterker nog, de elf had haar nog nooit zo nonchalant gekleed gezien.

Misschien had ze vanwege de ramp in de stad wat oude kleren aangetrokken zonder er echt bij na te denken.

En toch ...

'Je ziet er nog steeds mooi uit,' zei hij, terwijl hij met een vinger over de wang van de persoon ging en elk woord voelde dat ze zei.

Zonder zich zo te kleden, was ze nog steeds zo charmant als Valeria haar had gekend. De puurheid van haar verschijning straalde zonder ornament.

"Je bent echt."

Ze glimlachte en nestelde zich tegen de elf en legde haar hoofd op de schouder van de andere vrouw.

Ze bleven een tijdje stil, de handen tussen hen gevouwen.

Het was fijn om daar gewoon te zitten en haar warmte te delen en Valeria snoof de geur van haar partner op en genoot van het gevoel van hun naast elkaar geklede lichamen.

'Valeria,' zei Onna na een tijdje, 'wat hebben we?'

"Waar heb je het over?" vroeg ze verward.

'Wij. Wat is er tussen ons? Ik bedoel...' Ze zuchtte, stond iets op en streek haar lange haar opzij. 'Je bent een elf. Je zult eeuwen leven. Jij... hoe oud ben je eigenlijk? Als je het niet erg vindt als ik het vraag.'

"Honderdvijfentachtig".

"INDRUKWEKKEND."

De ogen van de man werden groot.

Toen lachte ze half in zichzelf.

'Ik kan niet geloven dat ik je dat nog nooit eerder heb gevraagd.'

'Je weet dat we langer leven dan mensen.'

"Ja, maar ik wist niet hoeveel en dat is het punt. Ik zal niet: ik ben een mens. Ik zal wit haar hebben voordat je van middelbare leeftijd bent. Ik denk."

'Nou, niet doen,' zei hij zacht, 'denk er niet aan, ik bedoel. Dit is nog jaren weg... zelfs tientallen jaren. Ik heb geen plannen om ergens heen te gaan.'

'Echt waar? Je zou bij me blijven, ook al...'

'Natuurlijk. Waarom zou ik niet?'

Hij realiseerde zich dat hij er onbewust een tijdje over had nagedacht.

Ondanks haar relaties met andere vrouwen, zelfs een man, als je Solomon meetelt, wilde ze alleen hier zijn met Onna.

Monogamie was geen gegeven in hun cultuur, maar misschien kon ze het zelfs proberen.

Hij kon zich niet voorstellen dat hij iemand anders nodig had, niet zoals hij Onna nodig had.

'Maar ik zal oud worden.'

"Jij zal het zijn. Dit is belangrijk voor mij. Herinner je je alle nachten dat we praatten? Voordat we... bij iets anders betrokken waren. En het is niet dat de seks niet goed is," voegde ze er een lichte glimlach aan toe.

'O godin, seks is goed...' Onna stemde in met zo'n gevoel dat ze allebei in verlegenheid giechelden.

Valeria kalmeerde, trok haar gezicht recht en keek weer in de bruine ogen van de man.

'Jij bent het. We zijn al jaren vrienden en nu gaat het nog dieper.'

Ze leunde naar voren en legde haar hoofd tegen Onna's schouder. Haar zachte bruine haar viel over haar wang.

Hij kon het woord nog steeds niet gebruiken, ook al wist hij dat het moest.

Hij maakte de dingen meer echt en nam zijn leven in een nieuwe richting.

'Ik wil je nooit meer kwijt,' fluisterde hij in plaats daarvan, terwijl zijn lippen de nek van de andere vrouw raakten.

Onna streek stilletjes met een hand over de wang van de elf en volgde de omtrek van een puntig oor.

"Dan ... totdat ik oud ben ..."

"Ook al ben je oud."

"Ja?"

"Hm hm."

"Nou, terwijl we erop wachten."

"Klinkt goed."

"Vanmiddag bijvoorbeeld..."

"Mmm..."

Valeria hief haar hoofd op en ze kusten elkaar.

Een lange, zachte kus die maar door leek te gaan.

"Slaapkamer?"

"Slaapkamer."

Buiten adem liepen ze de andere kamer binnen en omhelsden elkaar om hun middel.

Ze zaten tegenover elkaar op het bed, Valeria stak een hand uit naar haar minnaar en trok haar naar zich toe voor nog een lange kus.

Ze omhelsden elkaar, een stevige omhelzing, handen gingen door elkaars haar.

De vingers van de elf dwaalden naar het lichaam van haar minnaar en voelden de zachte, enigszins versleten stof van het vest.

Hij leunde zachtjes achterover en hielp Onna het kledingstuk uit te trekken voordat hij haar weer kuste.

Deze keer was er alleen een dunnere stof van de blouse onder haar nieuwsgierige vingers, Onna's rechtopstaande tepels strekten de stof iets uit over haar borsten.

Al snel had Valeria haar blouse uit de riem van haar geliefde getrokken en haar handen schoten eronder, warm en soepel aan haar vingertoppen.

Het was Onna's beurt om een stap achteruit te doen en de handen van de elf naar haar buik te laten kruipen.

De mens zocht Valeria's jurk, streelde de stof en zocht tegelijkertijd duidelijk naar de strikken.

'Je zit achterin,' fluisterde de elf, terwijl hij op het bed gleed om haar te plezieren.

Onna duwde de blonde krullen opzij, maar in plaats van de veters los te maken, leunde ze naar voren om haar lippen tegen de nek van haar minnaar te drukken, haar adem warm tegen de huid.

"Ik wil elke centimeter van je lichaam kussen," kraste hij en Valeria mompelde adem als antwoord.

Onna leunde tegen haar aan, drukte haar borst tegen de rug van de elf en blies zachtjes in Valeria's oor.

Zijn tong volgde haar al snel, wreef lichtjes over de plooien, gleed langs de puntige punt en de blondine zuchtte tevreden.

Ik zou het de hele nacht kunnen laten doorgaan; Het voelde zo goed om bij haar minnaar te zijn.

Maar al snel scheidden zijn tere vingers de banden aan de achterkant van haar jurk en gleed langzaam naar beneden toen het loskwam.

De menselijke vrouw snakte naar adem toen ze, in plaats van Valeria's normale nachtjapon, een kanten jurk ontdekte die bij de jurk paste en strak om de rondingen van de elf viel. De bleke huid was daaronder gedeeltelijk zichtbaar.

Terwijl ze de jurk om haar middel liet drijven, begon Onna, trouw aan haar woord, haar blote schouders, lippen en tong te kussen terwijl ze over het vlees gleed.

Toen ze de arm wilde kussen, wendde de tovenares zich tot haar metgezel, wiens bruine ogen de hare ontmoetten terwijl ze langzaam naar beneden bewoog.

Ze glimlachte toen Onna al haar slanke vingers in haar mond stopte en, zodra hij klaar was, haar naar binnen trok voor nog een hartstochtelijke kus.

De handen van de menselijke vrouw waren in haar haar, liepen over haar lengte en borstelden de bovenkant van haar ondergoed.

Valeria duwde haar slanke elfenhanden onder de losse zoom van haar blouse en streelde de zachte rug van haar minnaar onder de stof, vertrouwde rondingen onder haar vingers die zachtjes streelden.

Onna kronkelde van verrukking bij zijn aanraking en de elf maakte van de gelegenheid gebruik om haar blouse hoger op te tillen totdat deze vast kwam te zitten onder de gezwollen heuvels van de borst van de mens.

Onna trok het gretig omhoog, hief haar armen boven haar hoofd en schudde haar zachte bruine krullen uit de stof.

Hij rukte ze weg met een snelle, bijna afwijzende beweging, en hun lippen ontmoetten elkaar weer, hongerig, hun tong proevend, en de blote borsten van de man drukten nu tegen het dunne puntje van Valeria's ondergoed.

Ze gingen uit elkaar en snakten naar adem toen de elf die weelderige heuvels streelde, zachte welvingen tegen haar handen.

Onna draaide zich naar beneden en bereikte de bovenkant van Valeria's jurk, die nog steeds om haar middel was gewikkeld.

Verplicht leunde de elf achterover zodat ze haar heupen kon optillen zodat de brunette de zijden jurk langzaam over haar lange benen kon trekken.

Onna leunde achterover op haar dijen en nam de tijd om de jurk zorgvuldig op te vouwen, in tegenstelling tot de manier waarop ze zojuist haar eigen afgedankte kleding had vastgepakt.

Ze leunde voorover over het bed, haar zware borsten bungelend terwijl ze het opgevouwen kledingstuk zachtjes op het tapijt liet vallen.

Toen ze klaar was, streelde Valeria de rug van haar minnaar en maakte behendig de knoop bij zijn middel los.

Met een muzikaal gegrom van frustratie hielp Onna haar om haar korte, effen rokje uit de weg te ruimen.

De menselijke vrouw leunde achterover en ging op het bed zitten. Haar ogen gingen over het lichaam van de elf.

'Zo mooi,' fluisterde ze half tegen zichzelf.

'Net als jij,' antwoordde Valeria, dronk de genegenheid in de donkere ogen van haar minnaar en bewonderde de manier waarop haar haar over haar blote schouders liep.

Onna pakte een van de slanke benen van de elf, tilde het voorzichtig op en trok het van haar tere geborduurde schoenen om haar lippen tegen haar blote vingers te drukken.

Hij knabbelde aan kusjes langs de boog van haar voet en tot aan Valeria's enkels, en de blondine grinnikte tevreden.

Ze speelde met de mens, maakte haar voet los uit zijn greep, drukte hem tegen Onna's schouder, hield een haarlok tussen twee tenen en kneedde toen zachtjes het vlees.

Hij duwde zijn voet naar beneden en streelde hem naar Onna's decolleté. De huid was glad tegen de hare.

Maar de mens ving haar weer op, leunde naar voren om Valeria's scheenbeen te kussen en draaide zich eerst naar voren en toen naar achteren.

Ze bewogen een beetje op het bed.

Onna ging in buikligging liggen en Valeria leunde tegen de kussens terwijl de vragende lippen van de mens over haar dijen gingen.

Hij wierp zich van de een naar de ander en kuste, zoals beloofd, elke centimeter van de beschikbare huid.

De elfenvrouw snakte naar adem van plezier toen Onna naar de gladde huid van haar binnenkant van haar dijen reikte en haar gezicht langs de zoom van het kleine rokje van haar ondergoed streek.

Hij stopte daar en stond op voor nog een hartstochtelijke mond-op-mondzoen.

Haar tongen kruisten, Valeria's handen gingen door het haar van haar minnaar terwijl ze haar omhelsde, genietend van de ronde vorm van haar oren en de aangename rondingen van haar nek.

'O, Valeria...' zuchtte de brunette toen ze zich eindelijk bevrijdden.

Ze zaten nu tegenover elkaar en de borsten gingen op en neer met minder dan een centimeter van elkaar.

De ogen van de mensen zakten instinctief naar het decolleté van hun partner, een bleke, gladde huid die over de bovenkant rees.

Het kledingstuk werd aan de voorkant vastgemaakt met een roze strikje, en vervolgens een rij van drie kleine drukknopen eronder, in een rij die zich net boven de heupen uitstrekte.

Voorzichtig maakte hij de stropdas los.

Toen, een voor een, opende hij elk van de grendels heel langzaam, genietend van het moment en het lichaam van de elf centimeter voor centimeter bloot.

Toen glimlachte hij, een flits van witte tanden op zijn roze lippen, en gebaarde naar Valeria dat ze zich moest omdraaien.

De elf was blij meegaand, rolde zich op haar voorhoofd en ging op haar buik liggen, het kussen tegen haar wang drukkend.

Ze sloot haar ogen met een grijns en was alleen maar blij met het gevoel van Onna's handen die haar lichaam verkenden.

Ze voelde dat hij haar ondergoed uitdeed, terwijl het kant langs haar benen streek terwijl hij het uitdeed en, zoals ze vermoedde, haar jurk voorzichtig op het tapijt legde.

De lakens trokken samen terwijl Onna bewoog, en het volgende wat ze voelde was een warme adem tegen haar nek en wang.

Zijn tong likte zachtjes het puntje van haar rechteroor en slaakte een woordeloze zucht.

Een kus tussen haar schouderbladen.

Meer zachte kussen naar buiten, op haar schouders.

Naar de zijkanten van je borst, dan terug naar het midden.

Toen hij deze keer naar beneden kwam, drukte hij zijn lippen tegen haar rug.

Kussen regende neer op haar lichaam, rond haar middel.

Nog lager, naar het enige kledingstuk dat ze nog droeg: een zijden elfenslipje met een bloemenpatroon van wit kant.

Zachte vingers die de zijde strelen.

Onna's borsten rustten op haar dijen.

Haar slipje was hoekig ... maar slechts gedeeltelijk.

De bovenste welving van je billen wordt blootgesteld aan de koudere lucht in de kamer.

Kusjes daar ook.

Het puntje van een warme tong die naar het puntje van zijn spleet snelt.

Valeria deed haar ogen weer open toen Onna haar op haar rug rolde.

Hij keek naar de menselijke vrouw en zag haar bruine haar onverzorgd over haar gezicht vallen en over het lichaam van de elfenvrouw kruipen.

'Wat schattig...' zei hij zacht, terwijl hij een hand door zijn haar haalde en toen Onna's kin vastpakte.

De brunette was echter nog niet klaar en haar kussen bewogen over de buik van de elfenvrouw terwijl ze langzaam opstond van het bed.

Valeria's borsten verlangden ernaar om aangeraakt te worden en om de zachte streling van die mooie lippen te voelen.

De tovenares kreunde van frustratie toen Onna's kussen zich steeds meer over haar slanke lichaam verspreidden.

Haar tepels waren hard, opgezwollen en verlangden naar meer dan de koude lucht.

Zijn handen reikten verwachtingsvol naar de deken en wilden de betovering niet verbreken door te smeken.

Dus ja, gezegende opluchting!

Onna's handen omklemden haar borsten, haar lippen bewogen zachtjes over haar heen, genietend van elke centimeter gebogen vlees.

De mens streelde de harde, bleke tepels van de elf met haar tong en zoog erop tot Valeria niet anders kon dan kreunen van genot.

De mens lachte, een muzikaal geluid van pure vreugde, en toen kusten ze weer mond op mond. Onna spreidde zich uit over het lichaam van haar minnaar, haar borsten wrijven tegen elkaar, haar handen dwaalden vrij rond.

De elf ging op haar ellebogen staan en duwde haar maatje omhoog tot haar eigen kussen langs Onna's keel en op haar borsten regenden.

Hij verslond de borsten van de mens met honger, met minder zachtheid dan zijn minnaar.

Haar mond stond open, haar lippen gleden over het ronde vlees, haar tong smaakte naar zoute zweetdruppels.

Ze zoog aan een borst, stopte de grote bruine tepel in haar mond en drukte haar gezicht tegen de zachte heuvel.

Wanhopig werd ze bijna afgeleid door de mooie vrouw in haar handen. Haar lichaam deed pijn van de behoefte.

Ze wilde Onna nu in haar hebben en haar keer op keer dragen tot ze gilde van vreugde.

In plaats daarvan drukte de menselijke vrouw haar zacht maar stevig tegen de lakens.

De tovenares kreunde van gefrustreerde behoefte en hield zich nauwelijks bij elkaar om Onna te laten afmaken waar ze aan begonnen was.

De heerlijke kwelling kon toch niet veel langer duren?

Onna kuste nu haar heupen, net boven haar slipje.

Tot haar grote opluchting voelde ze al snel het laatste kledingstuk over haar dijen glijden en van de rand van het bed vallen.

Ze keek neer op haar minnaar, haar eigen borsten puilden uit van onderdrukte behoefte, terwijl ze weer in die diepbruine ogen staarde.

Onna spreidde de benen van de tovenares en onthulde haar geslacht, en Valeria kon niet langer zwijgen.

"Alsjeblieft, alsjeblieft..."

De brunette reageerde door haar dijen nog verder te spreiden en haar kutje te spreiden.

Maar in plaats van onmiddellijk haar gezicht nat van plezier in die stoel te drukken, kuste ze het heuveltje erboven en haar korte gouden haar plakte aan haar natte lippen.

Maar slechts voor even, want het leek alsof ze zich ook niet kon inhouden.

Valeria slaakte een kreet van vreugde toen haar minnaar eindelijk zijn kussen op haar gezwollen roze kutje plantte.

Al snel was hij binnen, zijn tong een moment diep likkend voordat hij zich terugtrok om herhaaldelijk de meest intieme delen van de tovenares aan te raken.

Na hun tijd samen wist ze maar al te goed wat haar partner leuk vond, en de elvenvrouw kreunde en huilde, haar lichaam gebogen tegen de lakens, haar kleine borsten in de lucht gedrukt, haar handen gebald en losgemaakt.

Ze schreeuwde nog harder toen een vinger Onna's tong aanraakte en zachtjes in haar voelde.

Haar minnaar begon zachtjes op haar clit te zuigen en Valeria wist dat ze het niet lang meer zou uithouden.

Ze slaakte een reeks muzikale ademhalingen, versnelde haar pas, niet willend dat het zou eindigen, maar voelde dat het snel moest zijn.

En toen, net toen hij bij de climax was, wat zeker een meer dan opmerkelijke climax zou zijn geweest, voelde hij Onna stoppen.

Verlangend naar zijn vrijlating slaakte hij een schreeuw die bijna pathetisch van toon klonk.

Even later werd haar schreeuw onderdrukt toen Onna naast haar op het bed ging staan en haar in haar armen wikkelde.

Hun monden ontmoetten elkaar en Valeria proefde haar eigen seks op de tong van haar minnaar terwijl ze verstrengeld raakten.

Beide vrouwen snakten naar adem toen ze klaar waren met de kus, een flauw lachje op Onna's lippen tussen hun hijgende ademhalingen door.

Valeria's handen gingen over de rug van de menselijke vrouw en ontdekten dat haar partner haar slipje nog steeds niet had uitgedaan.

Ze loste dit probleem onmiddellijk op en de twee rolden op het bed, een gevecht tussen handen en lichamen toen ze in positie kwamen.

Valeria vond al snel Onna's liesstreek op haar, een schaduw op haar donkere struik, een nat en knuffelig poesje.

Voordat ze iets kon doen, zat het hoofd van haar partner tussen haar eigen benen, haar lichaam bovenop het hare.

Toen Onna's vingers en tong hun liefdevolle werk weer begonnen, greep Valeria de billen van haar partner en trok ze naar haar gezicht.

Als Onna wist wat ze leuk vond, en zij, oh dat wist ze zeker, was het andersom.

De tong van de elf schoot in de kut van haar minnaar, gleed tegen de bekende plooien, wreef over haar klit en genoot van de smaak van de mens.

Ze bleven elkaar likken en speelden af en toe met hun vingers. De vrije hand greep de rug van haar partner.

Op een gegeven moment pauzeerde Onna in haar dienst en hief haar hoofd om een lange, hartstochtelijke kreun te uiten terwijl haar lichaam tegen Valerias leunde voordat ze terugkeerde naar haar taak.

Deze keer waren er geen onderbrekingen meer.

Valeria worstelde om haar hete likken vast te houden terwijl golven van genot door haar lichaam stroomden en een klagend gekreun haar keel opstak.

Onna bewoog nu sneller en dieper en de elf reageerde in natura.

Ze culmineerden samen, geschreeuw gedempt door elkaars krampachtige lichamen terwijl ze trilden van geluk.

'Oh godin... oh godin... oh, Onna...' hijgde Valeria toen ze weer kon praten.

Haar minnaar rolde bovenop haar, rolde zich in bed om voor haar te gaan liggen, en ze omhelsden en kusten elkaar in de nagloed.

Onna's haar zat in de war, lokken plakten aan haar nek en schouders en haar voorhoofd was doorweekt van het zweet.

"Ik hoop dat je er net zo van genoten hebt als ik"

'Je weet dat ik dat deed.'

"Laat me nooit Valeria achter."

'Dat doe ik niet,' beloofde hij... en zei bijna de woorden.

Ze bleef echter achter.

Ze kon zichzelf niet eens vertellen waarom dat was.

Waarom zou hij na zo'n lang leven niet toegeven dat er eindelijk iets was veranderd, dat hij iets totaal nieuws had meegemaakt?

Iets waar elfen een langer woord voor hadden dan mensen.

Maar iets wat hij zelfs nu nog niet hardop kon zeggen.

Het was echt idioot, maar het was er.

Ze leunde met haar hoofd op Onna's schouder en ademde tevreden haar geur in.

De woorden van een oude elfendichter kwamen in me op, iets uit zijn jonge jaren.

"Wat betekent dat?" vroeg Onna en Valeria merkte dat ze hardop had gesproken.

'Het is een oud gedicht,' antwoordde ze, 'over het vinden van de perfecte plek in het universum om één te zijn met de wereld. Mijn moeder heeft het voorgedragen toen ze klein was.'

"Het klinkt mooi."

'Mmm...' Ze liet los, veilig in de warmte van de armen van haar minnaar, comfortabel en gelukkig zoals ze nog nooit eerder had gedaan met iemand anders in haar volwassen leven.

Terwijl ze rustte, voelde ze Onna's handen zachtjes haar rug strelen, zo zacht als de vleugels van een vlinder.

Hij gaf zich over aan de sensatie en genoot van de hedonistische vreugde ervan.

Onna's handen gingen lager naar haar billen, draaiden toen op haar heupen en naar beneden tussen haar benen.

De droom vluchtte uit zijn gedachten terwijl hij naar het lachende gezicht van zijn geliefde keek.

"Alweer?"

"Waarom niet?"

Eerst streelde Onna alleen haar schaamlippen, maar uiteindelijk gleed er een vinger in, traag en traag. Valeria reageerde op dezelfde manier, en ze krulden zich op, hun lichamen strak, en streelden elkaar zachtjes met zachte strelingen die maar door gingen, Ontspannend.

Een mooie warme gloed van wederzijdse genegenheid.

De tijd leek stil te staan terwijl ze langzaam feestvierden, dezelfde houding vasthielden, benen gedeeltelijk ineengestrengeld, borsten tegen elkaar gedrukt en elkaar zwijgend in de ogen staarden.

Valeria voelde haar hart exploderen van vreugde.

Ze herinnerde zich niet het moment waarop ze zich zo gelukkig voelde als nu, zich in Onna's armen nestelde en in een zee van puur en onvoorstelbaar geluk dobberde.

Toen zei hij eindelijk de woorden.

'Ik hou van je, Onna.'

Zijn partner slaakte een korte zucht.

'Ik hou ook van jou, Valeria. Ik hou van je sinds we elkaar ontmoetten, maar ik zou het je nooit kunnen vertellen. Ik hou zoveel van jou."

Het voelde bevrijdend, alsof er een last was opgeheven.

Waarom had hij het nooit kunnen zeggen?

Nu hij het had gedaan, herhaalde hij het tussen zachte kussen door.

"Ik hou van je, ik hou van je, ik hou van je..."

Onna's vingers in haar binnenste versnelden terwijl ze doorgingen met kussen.

Valeria was dolgelukkig en wilde voor het grootste deel van de wereld zingen.

Haar ogen waren groot toen ze haar tweede hoogtepunt van de dag voelde naderen.

Ze fluisterden de namen van de anderen die elkaar omhelsden toen ze de rand naderden.

Het orgasme was verblindend, iedereen buitengesloten behalve de vrouw in zijn armen.

Ze huilden allebei.

Onna snikte bijna toen haar lichaam trilde en haar kutje zich om Valeria's vingers verstrakte.

Toch ging hij door, terwijl hij dieper duwde en de clitoris van de elf stimuleerde, zelfs toen ze afdaalde van de duizelingwekkende hoogten van haar ervaring.

Valeria kon het niet geloven.

Ze had net een van de meest intense, heerlijke orgasmes van haar hele leven ervaren, maar haar opwinding was amper opgehouden.

Ze klampte zich aan haar minnaar vast, terwijl hij naar adem snakte van verbazing door de kamer terwijl zijn vingers binnen in haar bleven bewegen.

De tweede climax was ongelooflijk beter dan de eerste.

Ze had nog nooit zoiets prachtigs in haar leven gezien.

Hij was nog nooit twee keer zo snel achter elkaar gekomen, laat staan nu.

Ze schreeuwde de naam van haar minnaar, helemaal opgegaan in de sensatie.

Ze kusten elkaar, verloren in een tijdloze omhelzing.

Toch bleven de vingers bewegen, en ze antwoordde nog steeds.

Lieve godin van alles wat heilig was, dat kon ze toch niet...

Kon.

O, hoe kon ze...

NAWOORD

De stad begon weer normaal te worden na de recente verschrikkelijke gebeurtenissen.

Blijkbaar kon weinig de bevolking van Tarantia lang schrik aanjagen.

Handel was essentieel en de stedelingen hadden een leven te leiden, zelfs na het kleine ongemak van een zombieplaag.

De markt werd heropend, de verkopers verkochten hun waren en er was voor het grootste deel weinig structurele schade.

En toch, als iemand de stad zo goed kende als Conan, kon hij zien dat ze nog niet bekomen waren van de schok.

Het waren tenslotte maar twee dagen en als je goed keek, zag je de geschokte uitdrukkingen op sommige gezichten, de nerveuze blikken die goed verborgen probeerden te blijven.

De handel is misschien weer normaal geworden, maar het was iets minder lawaaierig dan normaal.

Velen hadden dierbaren of vrienden verloren en een groot deel van de vorige dag was besteed aan het opruimen van lijken van de straat.

Dat zou niemand gemakkelijk kunnen vergeten.

Natuurlijk was hij een van de weinigen die enig idee had wat er werkelijk was gebeurd.

Anders was er geen duidelijk bewijs dat de ondoden niet zouden terugkeren.

De avond voordat hij zweeg, bleef iedereen thuis in de hoop dat het niet meer zou gebeuren.

Sommigen wezen op de dubbele maansverduistering en zeiden dat het op magische wijze de opstanding van de ondoden veroorzaakte, anderen wezen er terecht op dat ik het echt niet weet, dat ik het niet weet.

Niemand wist zeker waar de doden uit de dood waren opgestaan, en er was geen goede verklaring voor waarom ze zo plotseling waren verdwenen.

Conan kende natuurlijk de waarheid, maar er was geen manier om het aan iemand te vertellen.

Ze zouden willen weten waarom hij geen waarschuwing had gegeven, en het feit dat hij niet alle details op tijd kende, of dat hij het moment van de crisis niet kende totdat deze zou plaatsvinden, was niets dat waarschijnlijk zeer goed naar beneden.

De emoties waren hoog en ze wilde geen confrontatie riskeren.

En hij was nooit een avonturier geworden alleen omwille van roem en glorie.

Met een beetje schuldgevoel liep hij nu door de straten van de stad, een van de velen die verzonken was in zijn eigen gedachten, maar ervoor zorgde dat hij nog steeds op de been was.

Op de lange termijn zou er niets veranderen, gebeurtenissen zouden de geschiedenis en folklore ingaan zoals velen eerder hadden gedaan.

Tarantia zou doorgaan omdat hij dat altijd deed.

"Help alstublieft!"

Een vrouw greep zijn arm en hield hem vast.

Hoe verloren hij ook was in zijn dagdromen, hij had haar niet eens zien naderen.

In feite wist hij niet helemaal zeker waar hij was... misschien in de buurt van het commerciële district, maar hij kon de straat waar hij liep niet meteen een naam geven.

"Wat gebeurt er?"

Ze was een jonge, slanke vrouw met donker haar en een meer hallucinerende uitdrukking, met zorgwekkende lijnen op een verder mooi gezicht.

Op de een of andere manier had hij het gevoel dat ze meer in zijn leven had gezien dan iemand van die leeftijd had moeten zien.

Zijn jurk was duidelijk en eenvoudig, flatterend voor bedienden of minderjarige werknemers.

Ze was duidelijk radeloos en hij kon het niet helpen dat hij het gevoel had dat het in sommige opzichten zijn eigen schuld zou kunnen zijn.

"Net aangekomen!" zei ze, terwijl ze aan zijn arm trok.

Haar gezicht wendde zich van hem af en keek om de hoek aan het einde van de straat.

Zijn stem klonk wanhopig en bezorgd.

Het moest iets te maken hebben met de aanval van de ondoden, toch?

Een erfenis van zijn falen om het probleem aan te pakken voordat het bloedvergieten werd.

Schuldgevoel spoorde hem aan en stond hem toe hem naar voren te duwen.

"Wat is je naam?" vroeg hij terwijl ze door de straat renden en een bredere laan insloegen die hem meer bekend was: 'Wat is er gebeurd?'

Ze gaf geen antwoord en hij bleef zich afvragen waarom ze hem had uitgekozen toen er nog een dozijn mensen dichter bij het gebouw moesten zijn dat ze naderden.

Als hij er verantwoordelijk voor was, zelfs indirect, moest hij vrede sluiten met zichzelf.

De vrouw duwde hem bijna naar de deur, die half openstond.

"Snel!" Ze zei: 'Alsjeblieft! Hij zit achterin!'

Hij ging naar binnen en vond een onversierde gang.

Er was een deur aan het einde en een andere aan de kant die uitkeek op een trap die naar de bovenverdieping leidde.

Er zou waarschijnlijk een keuken op de achtergrond zijn, maar het was nog onduidelijk wat het probleem was.

Toen de vrouw de hysterie naderde, was het nuttiger om te zien wat er aan de hand was dan haar te ondervragen en zich door de gang naar de deur te haasten.

Hij voelde plotseling een steek in zijn nek.

Hij stopte en zocht naar de bron van de pijn.

Daar werd een kleine pijl gevangen, in het vlees begraven.

Hij keek die kant op: de trap.

Boven: een figuur die uit het zicht was verdwenen.

Hij wierp zich op de trap, maar zijn benen voelden plotseling zwak en hij struikelde.

'Het spijt me... het spijt me zo,' zei de vrouw, en hij draaide zich om om te zien hoe beschaamd ze in zijn richting keek net voordat haar benen het helemaal begaven.

Gevoelloosheid verspreidde zich door haar lichaam.

Het moest een snelwerkend gif zijn!

Hij vervloekte zichzelf voor zijn goedgelovigheid, maar meer kon hij niet doen.

Hoe kwam hij daar alleen en zonder hulp?

'Ik zou rennen als ik jou was,' zei een vrouwenstem van boven, 'rennen zo ver mogelijk van deze stad en kom nooit meer terug.'

Zijn ontvoerder keek nog een laatste keer in zijn richting, zijn donkere ogen vol spijt en ja, zijn blik zei iets van diepe, onuitgesproken pijn.

Toen rende hij de deur uit.

Hij vroeg zich af wie ze was toen mist zijn zicht vulde en zijn ogen gesloten waren.

Het laatste wat hij hoorde waren voetstappen die de trap af kwamen.

* * *

Conan werd wakker liggend op zijn zij op een houten vloer.

Eerst was hij verbijsterd, zijn zicht vertroebeld en zijn ledematen weigerden nog steeds op zijn bevel te bewegen.

Er liep nog iemand door de kamer en de zachte leren zolen maakten een opvallend maar zacht geluid tegen de vloerplanken.

Ik kon hem nog niet zien.

De stappen stopten.

'Ah, je bent terug,' zei een stem, dezelfde die hij vanaf de bovenste verdieping van het gebouw hoorde.

'Doe... donnggdeg...' Zijn tong en lippen reageerden iets beter dan de andere zintuigen.

'Je zou daar niet lang meer moeten zijn,' deelde de stem hem mee en hij kon zijn hoofd een beetje in zijn richting draaien.

Hij kon een paar leren laarzen zien, maar verder niets.

'Wacht maar tot je iets in je ledematen voelt. De duistere elf-medicijnen zijn echt heel nuttig.'

Terwijl ze sprak, keerde een ander zintuig terug.

Ze merkte dat haar handen aan elkaar waren vastgebonden en dat de touwen stevig in haar polsen groeven.

Zijn benen leken niet zo beperkt, maar zonder zijn handen kon hij geen spreuken uitspreken of een zwaard gebruiken, en wie hij ook was, hij wist het waarschijnlijk.

En wie zou ze eigenlijk kunnen zijn?

Niemand anders wist van zijn rol bij het verslaan van de Aanwezigheid, en als iemand genoeg had geweten om hem aan te vallen, zouden ze waarschijnlijk genoeg weten om dankbaar te zijn, als ze terughoudend waren.

Verbluffend en boeiend leek hem een beetje extreem.

Tenzij de Aanwezigheid natuurlijk nog bondgenoten had, dacht hij met een rilling van angst.

Volgens Valeria en de anderen waren dertien mensen de rotonde binnengegaan en tegen het einde van de nacht waren er twaalf lichamen.

Ze hadden gehoord dat de dertiende was gevlucht, maar wat als dat niet helemaal klopte?

Dat was een vrouw, niet?

Wat als ze van gedachten zou veranderen en wraak zou nemen?

Het idee was ronduit verontrustend, vooral omdat niemand enig idee zou hebben waar het was.

Haar benen tintelden erg toen de bloedstroom weer normaal werd en ze kon op haar knieën gaan zitten. Haar armen waren nog een beetje wiebelig, maar in wezen functioneel.

Hij schudde zijn hoofd en ontdekte dat zijn gezichtsvermogen volledig was hersteld, en keek om zich heen.

Ik was in een grote kamer zonder ramen.

Te groot voor het gebouw waar hij net was geweest, tenzij het de hele bovenverdieping in beslag nam, wat onwaarschijnlijk leek.

De vloer was goed gepolijst, gemaakt van hout van goede kwaliteit, en de muren waren bekleed met dure afdrukken.

Er stonden een paar mooi beklede stoelen in de hoeken, maar die leken niet gebruikt te zijn.

Het enige licht kwam van boven, uit een dakraam, en liet zien dat het buiten nog daglicht was.

Zijn ontvoerder stond voor hem.

Ze was niemand die hij eerder had gezien, een vrouw die iets kleiner was dan hij, gekleed in strak leer en een zwarte mantel met capuchon.

Een kort zwaard hing aan een schede aan zijn riem en het gevest van een korte dolk stak uit de punt van een hoge laars.

Hij kon aan haar uiterlijk zien dat ze bekwaam en bekwaam was, misschien net zo ervaren in de strijd als hij.

Haar haar, dat hij onder de motorkap kon zien, was diepbruin, maar haar huid was bleek, alsof ze zelden de zon had gezien, wat nogal moeilijk was voor Tarantia.

Ondanks alles was er geen spoor van een accent.

Het waren echter zijn ogen die meteen zijn aandacht trokken.

Ze waren donker, hard en emotieloos, en pasten bij zijn kalme maar vastberaden uitdrukking.

Bovendien waren ze een beetje vreemd van kleur, zelfs in de schaduw van hun kappen, een roodachtige gloed op de iris die eruitzag alsof hij bruin had moeten zijn.

En ze deden hem vaag aan een granaat denken.

"Waar ben ik?" Ja, het leek erop dat hij nu goed kon praten.

Dat was tenminste iets.

'Bij een dealer die Lady Gedren heet. Hij heeft haar niet meer nodig.'

'Omdat ze dood is,' zei hij, zich afvragend hoe ze op haar kennis zou reageren.

Zijn gezichtsuitdrukking flikkerde niet eens.

'Ik heb haar vermoord,' zei hij natuurlijk, voordat hij zijn schouders ophaalde.

'De andere vrouw... die me naar huis bracht... wie is zij? Gaat het goed met haar?'

Zijn ontvoerder keek hem vreemd aan.

Die vraag had haar tenminste verbaasd.

'Ze is weg,' zei ze ten slotte, 'ze was de bediende van Dren. Als je weet wat goed voor haar is, zal ze zo hard rennen als ze kan. Maar hoe dan ook, het maakt niet uit.'

'Nou,' zei hij toen hij zag dat ze niet meer wilde praten en stond daar maar en staarde hem aan. "Ik zal het voor de hand liggende vragen: wie ben jij en waarom ben ik hier?"

'Mijn naam,' zei hij eenvoudig, 'is Cassandra. En je bent hier omdat je hebt gefaald.'

Hij zei er niets over.

Er was duidelijk iets misgegaan, en het ging zeker om de aanwezigheid.

Maar wat?

'Je hebt het ondergrondse heiligdom vernietigd,' zei ze na een pauze, 'je hebt het kapotgeslagen met een vuurbal. En ja, ik heb het gezien en daarom weet ik wie je bent. Ik kon het bijna niet missen, zoiets dichtbij let op. Ik.' Stel je voor dat je probeert te voorkomen dat de Aanwezigheid deze wereld bereikt, maar als het echt zo simpel was, denk je dan niet dat de vorige avonturiers die probeerden het te stoppen hetzelfde zouden hebben gedaan?"

"Aanwezigheid is niet zo gemakkelijk te verslaan. Ze hebben het alleen een beetje uitgesteld. Om het resultaat te zien, heel, heel weinig, gezien hoe lang het moest wachten."

Hij draaide zich om en liep naar iets dat in de schaduw in de hoek van de kamer verborgen was en dat hij nog niet eerder had gezien.

Hij pakte het op en stapte terug naar het midden van de kamer met een sierlijke scepter. Het eindigde in een groot kristal omringd door kwaadaardig scherpe tanden.

Conan had het nog nooit eerder gezien, maar hij kon raden wat het was uit de legende van Kahudreth.

'Het cadeau is aangekomen,' zei hij bijna eerbiedig, 'heeft nu een levend anker voor deze wereld. Het zit in mijn bloed en ik zal het spoedig loslaten. Tarantia zal de stad van de hel zijn, het einde van een wereld.' Een portaal waardoor demonen deze wereld kunnen betreden. Hun legers zullen groot zijn, hun macht onvoorstelbaar. En deze legers zullen op mijn bevel marcheren en me rijkdom en roem brengen en alle andere dingen die ik nooit eerder kon hebben."

"We gaan stervelingen natuurlijk in de buurt houden, want we zullen altijd slaven nodig hebben. Genocide is echt niet erg interessant, maar als een fysieke avatar van aanwezigheid, zijn stem hier in de vaste wereld ... dat zou moeten zijn goed genoeg, denk je?

Ze leek te zijn gestopt met praten en Conan onderzocht haar gezicht op tekenen van zwakte.

Ik heb er geen gevonden.

'Dus waarom heb je dat nog niet gedaan?' vroeg hij in plaats daarvan.

"Ah, dit is waar je binnenkomt. Aanwezigheid wil dat je het ziet triomferen. Het voedt zich met dat soort emoties. Het geeft de voorkeur aan verraad, maar verbijsterde wanhoop komt er redelijk dicht bij in de buurt. Dus we zullen lang genoeg wachten. Je hebt verloren, je ziet je plannen nergens toe leiden, het is jammer dat de anderen er niet kunnen zijn, maar dat verkleint ook de kans dat er iets mis gaat en jij bent degene die het heiligdom heeft vernietigd."

Hij haalde weer zijn schouders op.

'Wat is er? De Aanwezigheid, bedoel ik.'

Ze lachte kort; maar hij kreeg de indruk dat lachen niet iets was waar ze erg aan gewend was.

'Ik begrijp waarom je een tovenaar bent. Altijd nieuwsgierig!'

"Maar het is ook een terechte vraag," vervolgde hij, "wat is het heden? Laat me eens kijken of je het begrijpt ... het is in wezen een dode god. Blijkbaar is 'dood' een relatieve term voor wezens met dit soort macht dat ik manifesteren in onze wereld om dingen rechtstreeks te regeren, waarvan je weet dat het niet iets is dat de goden ooit hebben gedaan, dus hebben ze hem verbrand, hem vermoord en zijn stoffelijk overschot in de hel opgesloten. Ik denk niet dat hij ooit echt goddelijk is. Meer. Dood zijn is voldoende. dat voor jou, denk ik, maar het komt dichtbij genoeg."

"En wanneer hij voet aan de grond krijgt in deze wereld, zal geen van de andere goden hem kunnen stoppen. Niet meer. Wat zouden ze kunnen doen? Zijn aanbidders in de goede richting leiden door middel van aanwijzingen en toevallige ontdekkingen? Dat is het beste. Zij dat kan. Dat kan meestal wel, en daar is het een beetje laat voor."

'Wie weet, misschien hebben ze het al geprobeerd en faalden', een gedachte die duidelijk bij haar opkwam terwijl ze sprak, en ze keek hem nieuwsgierig aan: 'Hoe wist je waar het heiligdom was of dat je het moest vernietigen? Een priester heeft heeft u in de goede richting gestuurd, Of heeft een gepassioneerde aanbidder van een godheid op het juiste moment waardevolle informatie gevonden?Heeft uw kleine groep avonturiers beschermgoden die de laatste tijd misschien ongewoon genereus zijn geweest?

Hij zei niets, maar hij kon het niet helpen, maar zag haar gezicht.

'Dat dacht ik al,' zei hij, 'nou, je kunt de godheid vertellen dat hij gefaald heeft. Natuurlijk, hoewel je er snel genoeg achter zult komen, zal het vrijwel onnodig zijn.'

Hij had zich gerealiseerd dat hij het dienstmeisje liet ontsnappen.

Hij had de getuige kunnen doden, maar haar in plaats daarvan laten lopen.

Het was een kleine genade, maar misschien een echte genade.

Was er tenslotte een sprankje moraliteit in deze vrouw, iets om naar terug te keren?

Het leek zijn enige kans.

"Waarom wil je dit doen?" Hij zei: "Veroorzaakt de hel op aarde? Er moeten gemakkelijker manieren zijn om roem en fortuin te krijgen. Het is niet nodig om iedereen op het pad te vernietigen. Aanwezigheid is geen verbetering in de wereld die we hebben! Je zult ellende verspreiden." en vernietiging, en jij zit er middenin. Je bent Gedren niet... Verdorie, je hebt haar vermoord. Waarom? Omdat je wist dat ze slecht was?

"Jij wilt dit?" Hij vervolgde: "Wil je Gedren zijn? Wat heeft de stad met je gedaan dat je het zo wilde tekenen? Wat heeft de wereld ervoor gedaan?"

Het was verkeerd om te zeggen, en hij besefte dat toen ze een paar plotselinge stappen naar hem toe deed, haar gezicht eindelijk een echt gezicht liet zien.

"Kijk me aan!" Hij schreeuwde en trok de capuchon van zijn mantel terug.

Ze wees met haar vrije hand naar zijn voorhoofd en daar zag hij twee kleine horens, waarvan de kastanjebruine ogen ineens heel helder waren.

"Kijk naar mij! Ik ben een halve demon! Ik ben gedoemd; ik heb het bloed van demonen in mijn aderen."

"Allen die mij zien, allen die zien, zijn dit! Het product van onnatuurlijke verlangens besmet met puur kwaad, een valse generatie voortgebracht in de diepten van de hel. Dat ben ik, ik zal altijd zijn. Voor iedereen.".

"Jij... bent halfbloed, net als ik. Maar je niet-menselijke helft is van een Elven-voorouder. Mensen houden van elfen, zelfs als ze ze niet begrijpen. Elfen zien er goed uit, Elfen zijn goed en behulpzaam. Waarschijnlijk... .. een grote hit zijn bij de dames, toch?

"Maar ik... nee, ik ben een verschrikkelijke uitloper van horror. Ik zie de walging in de ogen van mensen als ze naar mij kijken, als ze mijn hoorns zien, mijn ogen en hen eraan herinneren dat de wereld geen veilige plek is en niet een gelukkige plek. Ik heb niets, niemand. Ik heb het nooit gehad. Ik ben misvormd, niet zoals jij. '

Hij deinsde terug voor de kracht van haar tirade.

Hij dacht niet dat het vervormd was, zelfs niet nadat hij de hoorns had gezien.

'Misschien heb je niet de juiste mensen ontmoet,' zei hij. 'Sommigen van ons kunnen verder kijken. Ik vind je een aantrekkelijke vrouw en misschien heb je maar één kans nodig.'

'Als dit er niet was?' spuugde hij en wees weer naar zijn ogen en hoorns.

'Dat heb ik niet gezegd. Je bent echt aantrekkelijk. Waarom wil je dat niet geloven?'

'Omdat het niet waar is,' schreeuwde hij, 'en zelfs als dat zo was, zou het niet uitmaken! Wat probeer je in godsnaam te doen, Conan? Mij verleiden en me overgeven aan de kant van het licht? Wat het is, serieus, je hebt de verkeerde vrouw gekozen. Zolang je in de stad hoereert of wat je ook doet, heb ik eigenlijk gewerkt. Deze shit werkt niet voor mij. "

"Ik zal respect hebben! Ik zal macht hebben. Ik zal nooit geliefd worden, maar ik zal gevreesd worden en ik zal meer hebben dan ooit tevoren. Ik zal de Demonenprinses zijn en niemand, niemand zal het ooit doen." veracht me weer. "

'Luister, ik...' begon hij.

"Genoeg!" blafte ze: "Hou je mond! Hou je mond en wees getuige van je nederlaag zoals het hoort!"

Hij hief de scepter op en het kristal aan de bovenkant explodeerde in schitterend wit licht dat de kamer overspoelde.

Wit vuur leek de vorm van de halve demon te overspoelen, en toen braken er meer vlammen om hem heen uit, waardoor een vurige tornado ontstond.

Om te beginnen leek het een illusie omdat de vloer niet in brand stond.

Maar hij voelde de hitte op haar gezicht.

In plaats van een illusie te zijn, moest het iets bevatten waarvan op magische wijze werd voorkomen dat het zich in zijn omgeving verspreidde, maar net zo dodelijk bij aanraking.

Het kroop terug naarmate het groter werd om de ruimte meer te verslinden. Cassandra's eigen vorm was nu verborgen achter de muur van brullend oranje licht.

Hij beet op het touw dat zijn polsen bond, maar het zat te strak vast... en zelfs als hij toverspreuken kon uitspreken, wat kon hij eraan doen?

Ik had geen idee.

En de aanwezigheid kwam steeds dichterbij.

* * *

Cassandra bevond zich in het midden van een verticale vuurpijp en muren van oranje vlammen draaiden om haar heen, lopend naar wie, wie weet wat?

Hij kon de hitte in haar vlees voelen, bijna brandend en toch bijna troostend voor het moment.

Hij voelde zich opgetogen, zijn gevoelens schoten omhoog en genoot van een soort euforie die hij meer voelde vanwege de nabijheid van zijn ultieme triomf.

Ze keek naar beneden.

Zijn voeten waren in de lucht en onder hen kon hij de grote, holle gang van vuur zien die zich uitstrekte over wat hij op de een of andere manier dacht dat het een onvoorstelbaar lange afstand was.

Hoewel hij geen referentiepunt had om het te meten, kon hij niet zeggen hoe hij dat wist.

Ergens ver beneden was een bewolkte wolk van duisternis, en ondanks de afstand voelde ze dat ze zich naar haar toe haastte.

Op weg naar de fysieke wereld.

Misschien zou het het duidelijkste visioen van Aanwezigheid zijn dat ze ooit zou hebben.

Er klonk een stem in zijn hoofd en hij vroeg zich af of Gedren dat had gezien.

Het was echter niet echt een stem, aangezien hij de toon niet kon horen, hij kon niet zeggen of het diep of scherp was, mannelijk of vrouwelijk.

Het leek meer op de woorden in zijn hoofd, een duidelijkere, meer gedetailleerde versie van de manier waarop hij eerder tegen haar had gesproken.

Hij kon niet eens zeggen welke taal hij sprak.

En ze kende de betekenis van zijn woorden alleen instinctief.

Ik kom eraan, werd er gezegd. Ik was succesvol. De portalen zijn open en ik kom eraan. Ik ben de OMEGA, de hamer van Thor, de woede van ODIN en ik breng een nieuwe wereld ter vervanging van degenen die moeten vallen. Mijn vijanden hebben gefaald. Ik ben de wedergeborene. Ik ben het onvermijdelijke resultaat van het lot.

De scepter brandde in zijn hand en het witte licht ervan overstemde zelfs de gloed van de brandende muren.

Hij hoorde het kloppen van een enorm hart, en bovendien voelde hij het weergalmen door zijn lichaam en zijn eigen bloed door zijn oren stromen, perfect synchroon met het geluid beneden.

Mijn pad is voorbereid en je zult boven al je dromen worden beloond. Je zult legers, rijkdom en slaven hebben boven het aantal dat je je kunt voorstellen, en de wereld zou bang moeten zijn voor je naam. VAN ALLE STERVEN OP HET OPPERVLAK TER WERELD ZIJN ZE DE GROOTSTE.

Ik heb je gemaakt, dit is mijn laatste overwinning. ZE WERDEN VOOR DIT DOEL GEMAAKT, JE HELE LEVEN IS ONDER MIJN GIDS NAAR DIT PUNT VERPLAATST. Ik heb generaties lang voor je lijn gezorgd, en alles was zoals ik het wilde. DAT IS JOUW DOEL

DAAROM BESTAAN ZE.

Cassandra hief haar hoofd op en staarde wezenloos de ruimte in, niet naar de kracht die nog steeds op haar af stormde en het grote stuk van de hel oprees.

Hij herinnerde zich elk moment van zijn leven, elk moment van wanhoop en vernedering, elk verschrikkelijk moment van onderwerping en ellende.

Hij voelde een onbekend branderig gevoel in zijn ogen en even kon hij het niet plaatsen.

Toen besefte hij dat hij huilde.

Met tranen leek hij een klein wit lichtpuntje te zien verschijnen in de ruimte hoog boven de absolute duisternis.

NU IS ALLES TOT ZIJN CULMINATIE GEKOMEN. UW LOT IS VERVULD. Voor altijd zul je de grootste van mijn servers zijn.

Cassandra schreeuwde, een rauwe schreeuw van pure angst en wanhoop die door de kracht van haar emoties uit haar longen werd gerukt.

Toen wierp ze uit alle macht de scepter in de bodemloze put beneden.

Het trof de Presence met een schitterende flits en explodeerde.

De donkere wolk trok zich nog sneller terug dan hij was gekomen.

Dit had zoveel eeuwen geleden door Kahudreth moeten gebeuren, maar ze was te laat en niet op het juiste moment op de juiste plaats.

Het vuur om haar heen verdween en ze bevond zich in duisternis.

Ze was niet in de echte wereld; Ze was nog steeds waar ze was geweest.

En ze had net de magie vernietigd die het had vastgehouden.

Nu in stilte, toen Cassandra eindelijk haar lot accepteerde, viel ze als een steen en viel in de hel.

* * *

Conan werd wakker en lag op een hemelbed met rode satijnen lakens en een luxueus zachte matras.

Hij was volledig gekleed, maar op geen enkele manier meer geboeid of vastgehouden.

Hij probeerde zich te herinneren hoe hij daar kwam; Hij herinnerde zich niet eens dat hij flauwviel, hoewel hij vermoedde dat hij dat wel had moeten doen.

Het laatste wat hij zich herinnerde, was dat hij naar de vuurkolom rond Cassandra keek en in haar boeien probeerde te bijten.

En daarna... was hij hier.

"Ik heb het gedaan."

Bij de stem stond hij abrupt op.

Cassandra zat in een stoel aan het voeteneinde van het bed.

De kamer waarin ze zich bevonden was weelderig versierd, bijna vorstelijk.

Bij gebrek aan bewijs van het tegendeel vermoedde hij dat hij zich nog steeds in hetzelfde gebouw bevond, waarschijnlijk in Gedrens persoonlijke kamer.

Toen ze zich realiseerde hoe weinig ze wist van Gedrens smaak, kromp ze inwendig ineen bij de gedachte aan wat er in deze kamer zou kunnen gebeuren.

Maar hij hurkte nog meer ineen bij het dode geluid van Cassandra's stem en wat het inhield.

"We zijn..." Zijn stem viel stil en kon de zin niet afmaken: '... in Hell City.'

'Ik heb gedaan wat je wilde,' zei hij met zachte stem.

Niet de kalme professionaliteit de eerste keer dat ze spraken voordat het haar woede uitlokte, maar eerder een emotieloos effect, alsof ze emotioneel uitgeput en geschokt was.

"Ik heb de Aanwezigheid verslagen, ik heb de scepter vernietigd. Het zal nooit meer uit de hel kunnen komen. Natuurlijk bestaat het nog steeds. Als de goden het niet permanent konden vernietigen, zou ik het nauwelijks kunnen. Maar het zal wel." Wees nooit meer een bedreiging. "

Opluchting kwam over hem en hij viel bijna op het bed en bad op zijn lippen tot Muriela, maar zijn opwinding werd verminderd door de vlakke uitdrukking op Cassandra's gezicht.

'Je hebt er goed aan gedaan,' zei hij, zich afvragend waarom hij haar überhaupt moest kalmeren.

"Ik heb het gedaan?" Zij vroeg.

Tot nu toe had ze hem niet recht in de ogen gekeken en in de middellange afstand gekeken, maar nu draaide ze zich naar hem om en hij zag een onverklaarbare uitdrukking van angst op haar gezicht.

Haar ogen waren nog roder dan normaal en hij vroeg zich af of ze had gehuild.

'Ja... ja, natuurlijk. Denk aan alle levens die je hebt gered, de onmetelijke ellende die je hebt vermeden!'

'Ik heb het niet voor haar gedaan,' zei hij bijna te snel, dacht hij.

Een harder randje kroop ook in zijn stem; Ze toonde nu tenminste een soort emotie en herstelde van de schok die haar misschien had overspoeld.

"Ik deed het voor mezelf."

"Hij controleerde mij, hij was overal verantwoordelijk voor", zei hij, de woede nam duidelijk toe, ook al was die niet meer op hem gericht. "Mijn hele leven was ik overgeleverd aan anderen, mijn hele leven hebben mensen mijn vrijheid beperkt, ze hadden macht over mij.

Ik wil vrij zijn en ik zou mezelf nooit laten zijn, ik zou altijd hun dienaar zijn, niemand minder dan alle anderen voor hem".

Hij wist niet precies wat hij erover moest zeggen, behalve: 'Nou, je bent nu vrij.'

"Maar ik ben het niet, toch? Er is niets veranderd. Dus ik kan niet anders dan geloven dat ik de verkeerde beslissing heb genomen. Iedereen die de controle over mij heeft, doet dat nog steeds. Het gilde, de wereld ... iedereen. Ik ben nog steeds wat ik ben ben. Het was voordat dit begon. Misschien was wat hij aanbood het dichtst bij de vrijheid die ik kon hebben. En nu is die kans voor altijd voorbij.'

"Je kunt doen wat je wilt", benadrukte hij, "de wereld is zoals hij is, maar je hoeft geen slaaf te zijn. Je hebt vaardigheden die je dan kunt gebruiken. Het is mogelijk om het gilde te verlaten." Zoals je al weet, deed een vriend van mij dat. "

'En dan? Ze werd een avonturier zoals jij. Het is niet mijn ding. Dit is geen leven, althans niet voor mij. En welke vaardigheden heb ik eigenlijk? Wat voor ander soort leven zou ik kunnen leiden?'

Wanhopig hief hij zijn handen op.

"Nou, ga de stad uit! Zoek een andere plek! Het is een grote wereld daarbuiten. Reis naar het westen; Elfen leiden een vrij vrij leven. Stop gewoon met zo wanhopig te wentelen. Wat is je probleem? Ik kan stoppen. "Ik denk dat het een gebrek aan moed is. ""

Plotseling stond ze op, smeet haar stoel naar achteren en staarde hem aan.

'Is dat waarom je het je herinnert?' Ze wees met haar vinger naar de hoorns, haar kastanjebruine ogen fonkelden. "Ik ben een kroost van demonen, en ik kan niet aan hen ontsnappen."

Ze keek naar beneden, was plotseling weer kalm en stak een hand uit om zich op een van de bedstijlen te steunen.

'Ik ben in de hel gevallen,' zei hij, zijn stem nauwelijks boven een fluistering uit.

Ze vroeg zich af of iemand haar eerder zo emotioneel kwetsbaar had gezien.

Ze leek me niet het type dat zich gewoonlijk zo opende.

"Toen ik wakker werd en me hier bevond, dacht ik dat het de hel was. Ik realiseerde me dat het nu niet zo was. Ik denk niet dat de hel echt zo kon zijn. Maar even dacht ik dat het de hel was."

Hij probeerde het concept te verwerken, probeerde het betekenis te geven, maar faalde.

'Hoe bedoel je, dat je in de hel bent gevallen?' Ik vraag.

'Precies dat,' zei ze terwijl ze weer naar hem opkeek. 'Ik heb de scepter vernietigd en de magie die me ophing... waar het ook was... stopte. De aanwezigheid heeft me misschien zelfs meegesleurd. Daarna... Maar. " Het zou niet verwonderlijk zijn. Dus ja, ik volgde hem naar de hel waar hij gevangen zit. "

'Maar je bent er,' zei hij.

'Natuurlijk,' zei hij met een vleugje sarcasme.

"Dus wat gebeurde er?"

'Er was een licht,' zei hij onzeker, 'een licht boven me. Het leek me te bereiken. En toen...' Hij aarzelde om iets te zeggen en veranderde plotseling van gedachten. 'En toen bevond ik me hier. Nou, in de andere kamer. En je was flauwgevallen. Ik heb je hierheen gebracht. Ik wist niet wat ik anders moest doen.'

Een licht van boven toen hij in de hel viel... de conclusie was duidelijk.

Maar ze liet iets weg en Conan dacht dat hij wist wat het was.

"Wat nog meer?" Hij vroeg: 'Voelde je iets toen het licht je aanraakte?'

Cassandra keek hem met grote ogen aan.

'Ik voelde...' zei ze, aarzelde toen weer, trok zich van hem af en weigerde hem aan te kijken. 'Ik voelde...' fluisterde ze en het laatste woord was onhoorbaar, iets wat ze niet verstond.

Conan kroop over het bed, knielde aan haar voeten en sloot de opening tussen hen in.

"... geliefd?" Ik vraag.

Ze knikte zachtjes, keek hem nog steeds niet aan, en sprak toen, haar stem brak van emotie.

"Goed verzorgd, beschermd..."

'Je hebt van tevoren gevraagd,' zei hij, 'welke godheid ons heeft geholpen, die ons de hint gaf om het cadeau op het juiste moment te zoeken. Het was Muriela, de godin van de liefde.'

Toen wendde ze zich ongelovig tot hem.

'Muriela? Echt waar? Maar ze is... ze is...' Hij schudde zijn hoofd.

"Is het niet belangrijk? Is het niet dramatisch en eerlijk? Nou, het is alles; het is alles. Wat is de betekenis van iets zonder liefde?"

"Waarom, zeker..."

'Waarom ontkennen? Je voelde het zelf. Dat leek niet op vergeving of de zonnegod, toch?

'Maar het was helemaal verkeerd! Het was niet echt en ook niet waar. Trouwens, waarom zou Muriela me redden?'

"Omdat je het juiste hebt gedaan ... om welke reden dan ook. Omdat je net zo belangrijk bent als iedereen. Oké, ik ga niet zeggen dat je een goed persoon bent, want je zult waarschijnlijk tegen me schreeuwen als ik dat doe "Hoewel ze zich afvroeg of wat er achter die kastanjebruine ogen zat wel zo meedogenloos en egoïstisch was als ze graag zei", maar je verdient toch liefde, iedereen verdient het."

Ze leunde tegen hem aan, fronste haar wenkbrauwen en balde de deken in haar vuisten.

'Je vergeet dat,' zei hij, deze keer niet de moeite nemend om te laten zien: 'Demonenbloed, weet je nog?

"Ik vergeet niets; zo zie je eruit wie je ouders waren ... wat dan ook ... maar jij bent het niet. Kijk langs hen heen en je zult echt een verandering zien. Half demon of niet, je hebt het altijd verdiend om te zijn hield van."

Ze duwde haar gezicht naar hem toe tot ze nog maar een paar centimeter van elkaar verwijderd waren. Haar warme adem op zijn huid en oogverblindende kastanjebruine ogen vulden zijn zicht.

'Hoe kan ik langs je heen kijken als niemand anders dat kan?'

"Ik kan langs je heen kijken. En als ik dat kan, kunnen anderen dat, je hebt het gewoon niet gemerkt. Ik zei eerder dat je een aantrekkelijke vrouw bent. Dat was geen truc, zoals je leek te denken. Ik deed het echt. Je bent... je bent echt heel mooi.'

'Probeer het eens,' gromde ze.

Conan nam plotseling Cassandra's gezicht in haar handen en kuste haar voor alles wat ze verdiende.

De ogen van de halve demonen werden groot van schrik en hun handen drukten zwak tegen hem aan.

Hij herinnerde zich dat ze een dolk in haar laars had en was plotseling opgelucht dat zijn eerste gedachte was om die niet te gebruiken.

Cassandra slaakte een gedempte kreet van verontwaardiging, maar hield haar stevig vast, haar armen langs haar lichaam, zo erg dat ze zich het mes niet meer herinnerde zoals ze al het andere deed.

Het was zijn bedoeling geweest om daar te stoppen, een stap terug te doen, van positie te veranderen.

Tot zijn verbazing reageerde ze echter en drukte haar lippen op de zijne. Haar mond ging open om een warme tong langs de zijne te laten glijden. Een kleine zucht steeg diep in haar keel op.

De kus duurde veel langer dan verwacht, en toen trok hij zich eindelijk terug en liet haar armen los terwijl hij op adem kwam.

Cassandra trok hem onmiddellijk naar zich toe voor nog een hongerige kus, haar lippen omsloten de zijne, haar handen gingen door zijn haar en grepen zijn schouders.

Hij sloeg zijn eigen armen om haar heen en reageerde in natura.

Het was duidelijk dat ze de mantel op een gegeven moment had laten vallen voordat ze hem naar de slaapkamer bracht, en hij kon de rondingen van haar lichaam door de strakke leren kleding heen voelen, en het idee begon hem op te winden.

De halve demon sprong op het bed en duwde hem terug om op de satijnen lakens te landen. Haar lippen waren nog gesloten.

Ten slotte trok hij zich hijgend terug, zijn bruine haar in de war en een van zijn hoorns stak uit.

Zijn gezicht was rood, bijna waanvoorstellingen.

"Dat was niet precies wat ik verwachtte," vertelde hij haar.

Ze streek met haar handen over zijn lichaam, voelde hem door de stof van zijn tuniek, en begon toen zijn shirt uit zijn broek te trekken, waarbij ze behendige vingers over zijn blootliggende buik liet glijden.

Ze glimlachte, hoewel hij er niet helemaal zeker van was of het een geruststellend gezicht was.

"Het was een wilde dag," zei hij ademloos, "het wordt tijd dat ik wat plezier heb en ik kan zeggen," hij keek naar de groeiende bobbel op haar dijen, "dat je klaar bent. Doe het zoals ik. Ik zei dat het een Zeldzame kans. "

'Het is al een tijdje geleden, hè?' vroeg hij met een glimlach toen ze zijn tuniek en hemd om zijn borst begon te trekken en haar nagels lichtjes over zijn huid krabden.

'Meer dan je denkt,' antwoordde ze grommend, 'veel meer.'

Ze trok haar bovenkleding uit en gooide die opzij op het brede gedeelte van het bed. Het koele rode satijn drukte tegen haar blote rug.

Hij ging op zijn ellebogen zitten en kuste Cassandra opnieuw.

Ze antwoordde gretig, haar nagels op zijn rug, haar handen knijpend, knedend, maar niet genoeg krabbend om bloed af te nemen... toch niet helemaal.

Het zag eruit als een wild dier, het was vrij, wanhopig hongerig.

Ze was niet de mooiste vrouw die hij ooit had ontmoet, hoewel hij niet had gelogen, ze was eigenlijk veel aantrekkelijker dan ze dacht, en de horens en vreemde paarse ogen stoorden hem helemaal niet.

Maar op dit moment was ze zonder twijfel een van de meest enthousiaste die hij ooit had ontmoet.

Hij pakte haar riem en ze rukte zijn hand weg en siste terwijl ze hem een harde duw gaf.

De riem hield zijn zwaard vast en hij nam aan dat ze niet wilde dat hij het aanraakte.

Ze opende het zelf; Gooi hem weg van het bed, ver buiten zijn bereik.

Laarzen en mes volgden en hij maakte van de gelegenheid gebruik om zijn schoenen uit te doen.

Hij had geen kans om iets anders te doen voordat ze weer bovenop hem lag. Haar handen gingen over zijn blote torso, haar tanden klemden lichtjes op zijn onderlip.

Cassandra gromde, meer woordeloze lust dan agressie, en streek met zijn hand over de gladde welving van haar met leer beklede rug.

Hij greep haar billen en voelde haar strakke vorm... er kon geen greintje vet op haar zitten, redeneerde hij; Ze was zo atletisch als elke avonturier die hij ooit had ontmoet.

Ze leunde plotseling achterover, haalde zijn handen van haar billen en schudde haar hoofd, hoewel ze geen idee had wat hij daarmee bedoelde.

'Nee, nee,' zei hij, 'laten we eens kijken hoe klaar je bent.'

Ze trok zijn broek tot op zijn knieën en haar vingers reikten naar het trekkoord van zijn boxershort.

Hij kronkelde op het bed om zijn taak gemakkelijker te maken en tilde zijn heupen op toen ze hem eindelijk ontblootte. De realiteit van haar opwinding was nu volkomen duidelijk.

"Hmm... je meende het echt," zei ze, terwijl ze zijn pik greep en haar hand erover liet glijden, zachtjes knijpend.

Ze liet hem met rust, maar om zijn ballen te wegen, krabden haar nagels lichtjes zijn scrotum.

'Ja...' fluisterde hij, bijna sissend.

Hij stak zijn hand naar haar uit om te proberen wat van de kleren die ze nog droeg uit te trekken, maar zij was er als eerste en trok zichzelf van zijn gewaad terwijl zijn lid het strakke leer op haar dikke dijen streek.

Misschien gaf ze er de voorkeur aan zich uit te kleden om koste wat kost vrijheid te eisen en zich niet aan anderen te onderwerpen.

Hij hoopte maar dat ze ermee door zou gaan.

Cassandra droeg een katoenen hemd met korte mouwen onder haar tuniek, met blote armen die zo gespierd waren als ze had gehoopt, en een tatoeage van een dolk die uit een massa doornen onder haar rechterschouder stak.

De zoom van het shirt had hem net uit zijn broek gehaald en hij had eindelijk de kans om meer van haar te voelen.

Zijn handen reikten naar beneden en streelden haar buik en zijkanten.

Ze was atletisch en hij voelde strakke spieren onder een warme huid die verrassend zacht en glad was.

Maar voordat hij haar kleren kon optillen om meer te onthullen, had ze zich naar voren gebogen en ze omhelsden en kusten hem opnieuw, terwijl ze haar lippen tegen zijn jukbeenderen en kin drukten, hard en gretig ademen.

Hij kuste haar neus terwijl die naar zijn keel zakte.

Toen kuste hij haar voorhoofd en verwijderde een haarlok.

In een opwelling kantelde hij zijn hoofd een beetje naar één kant, positioneerde zijn lippen en zoog toen een van haar delicate hoorns in zijn mond.

Zijn tong gleed over het ruwe oppervlak, zijn lippen spanden de huid rond de basis en ze slaakte een kreet van opgetogen verbazing.

Ze glimlachte meer dan ooit, liet hem los en kuste hem weer hartstochtelijk op de lippen.

Zijn handen bewogen onder haar shirt en trokken haar omhoog, de breedte van haar rug voelend, de warme, verrassend soepele huid onder haar vingertoppen.

'Dit wil je zien, hè?' Hij gromde en beëindigde de kus terwijl hij zijn armen ophief en zijn shirt uittrok.

Conan greep haar, trok haar op het bed en bewonderde de beweging van haar borsten terwijl hij over haar heen leunde.

Ze waren helemaal niet slecht voor iemand met zo'n strak lichaam, mooi rond en precies de juiste maat, met redelijk grote bruine punten.

Hij kuste haar keel, schoof zijn mond naar haar decolleté en liet zijn lippen en handen Cassandra's borsten verkennen, zachtjes knijpen, kussen en zuigen terwijl ze naar adem snakte van genot.

Zijn vrije hand gleed over haar zij en greep een van de billen, vastbesloten om te bewegen, om haar broek uit te trekken.

'Nee,' snauwde hij.

"Niet wat?" vroeg hij verward, zich afvragend wat hij deze keer verkeerd had gedaan.

Ze zweeg even en zei toen:

"Ik zal doen".

Hij wist niet zeker of ze dat oorspronkelijk bedoelde.

Toch trok ze haar broek uit en onthulde een eenvoudig katoenen slipje en heerlijk sterke dijen.

Hij drukte tegen haar aan, zijn staart rust nu tegen het katoen in plaats van tegen het leer, genesteld in de welving van haar dijen.

Hij kuste haar schouder en nek, rende naar haar oren en streek haar bruine haar opzij terwijl hij haar op haar zij rolde.

Cassandra snorde naar hem met een grom en voegde eraan toe:

"Dat is heel goed".

Ze bewoog zich naar voren terwijl hij zijn kussen op haar schouder bewoog en vervolgens op haar rug, lager en lager.

Ze verstijfde plotseling, een zucht die een beetje op paniek leek, kwam van haar lippen.

'Wat is het probleem?' vroeg hij nu bezorgd.

Als je niet wist wat je verkeerd deed, hoe kon je dan weten wat je niet moest doen?

'Ik wil niet dat je het ziet,' slaagde hij erin, de woorden leken uit zijn keel te worden gerukt toen hij probeerde weer op te staan, tegen het gewicht van haar lichaam op het zijne.

"Zie je niet wat?"

'Gewoon niet...' De woorden stopten en ze draaide haar hoofd om naar hem te kijken, haar kastanjebruine ogen werden groot van plotselinge angst.

Hij stond van haar op en keek haar over zijn rug aan.

Wat was er nog meer te zien?

Toen dwaalden zijn ogen af naar het enige deel van haar dat nog bedekt was, en er rees argwaan in zijn geest.

'O,' zei hij.

'Ik zei toch dat ik misvormd was,' zei ze, met haar gezicht achterover op de dekens, haar schouders vallend, het verlangen bijna verslagen.

'En ik zei je,' zei hij, 'dat jij het niet bent. Je bent gewoon anders.'

Voorzichtig en zo voorzichtig als hij kon, liet hij het slipje van de halve demon zakken en zag precies wat hij verwachtte.

Cassandra had een staart.

Het was klein, niet meer dan een stuk, misschien anderhalve centimeter lang.

Het was zwart en bedekt met een rubberachtige huid die contrasteerde met het roze vlees van haar billen.

Het gloeide een beetje bij de afgeplatte ruitvormige punt en was duidelijk nutteloos, rusteloos en te klein om zichtbaar te zijn in kleding.

'Je wordt er niet lelijk van,' zei hij, 'dat doet het echt niet.' Ze greep de dekens en weigerde hem aan te kijken. "Belangrijker, er verandert niets."

Hij kuste haar in het midden van haar rug en vervolgde zijn neerwaartse beweging op de bovenkant van haar kont.

Hij kuste de staart lichtjes en was verrast toen hij bewoog en trilde een beetje bij aanraking.

"Zie je?" Hij zei zachtjes "maakt niet uit" en kuste haar opnieuw.

"Ik vind het niet erg?" zei ze verbaasd, terwijl ze weer op haar rug rolde en haar gezicht centimeters van zijn kruis verwijderde. "Wil je nog...?"

"Godin, ja," antwoordde hij en met een schreeuw tilde ze haar hoofd van zijn heupen en gaf hem nog een hartstochtelijke kus.

Hij lag bovenop haar, zijn handen dwaalden over haar stevige lichaam, voelde de spieren in haar armen, dijen en buik, haar borsten tegen zijn borst gedrukt, haar onmiskenbaar harde en stevige tepels tegen hem aan gedrukt.

Ze kronkelde langzaam en sensueel onder hem, haar benen wikkelden zich om hem heen, haar handen verkenden zijn rug en reikten af en toe naar beneden om zijn billen vast te houden.

Terwijl ze kusten en hun mond gretig op elkaar drukten, voelde hij de toppen van hun hoorns tegen zijn voorhoofd wrijven, een hardheid die contrasteerde met de textuur van hun huid die hem alleen maar meer opgewonden maakte.

Ze reikte tussen haar benen en rende door haar korte bruine haar om te voelen dat haar natte lippen duidelijk gezwollen waren van verlangen.

Er was daar beneden niets 'mutant', niets bijzonders, zelfs niet toen hij... licht siste en warm ademde tegen zijn kin... nee, zelfs niet van binnen.

"Lijst?" vroeg hij misschien onnodig onder de gegeven omstandigheden, maar hij was zich ervan bewust hoe sterk hij de behoefte aan zijn autonomie voelde.

Ze knikte, haar ogen op de zijne gericht, een hand om haar nek en de andere om haar middel.

"Ga maar door en..."

Ze hield haar hoofd achterover, haar tanden ontbloot toen hij erin stootte, een hartstochtelijk gegrom diep in haar keel.

Cassandra's sterke dijen grepen die van de krijger terwijl haar heupen langzaam hun ritme begonnen.

Het geslacht van de halve demon paste hem als gegoten, en de manier waarop ze haar lichaam onder hem bewoog was aanlokkelijk en uitbundig.

Een van haar handen greep de satijnen lakens, terwijl een andere haar steeds gladdere en bezwete dijen vasthield.

Ze drukte haar lippen tegen hem aan, haar tanden streelden over zijn wang en beet hem bijna toen ze voelde dat zijn warme adem zijn stoten inhaalde.

Haar handen grepen hem vast en gingen over zijn lichaam. Haar tenen wreven over een scheenbeen terwijl ze haar benen stevig om de zijne sloeg.

Het ritme van zijn stoten zorgde ervoor dat ze haar hoofd tegen de lakens drukte, haar keel onbedekt zodat hij haar kon kussen en van haar smaak kon genieten met zijn tong.

'Luider, sneller...' vroeg hij met grommende stem, overweldigd door de kracht van zijn lust.

Hij gehoorzaamde.

De zachte lakens ritselden onder haar billen terwijl hun ritme toenam.

Ze reageerde door hem een klap op zijn kont te geven, haar adem veranderde in een luide zucht en onderdrukte nauwelijks haar gekreun, haar kastanjebruine ogen wijd open, haar gezicht rood.

"Oh shit..." gromde hij, "het is zo lang geleden... moeilijker..."

Ze kromde haar rug, haar heupen tegen hem aan gedrukt, haar lippen nu stevig tegen zijn borst gedrukt, haar hoorns tegen zijn kin gedrukt, haar vingers in zijn vlees gedrongen.

Conan liet hem los en sloeg haar zo hard als hij kon. Zijn adem overstemde zijn eigen gedempte geschreeuw.

Het explodeerde uiteindelijk in haar en ze voelde het lichaam van de halve demon tegen het hare krampen.

Zijn ledematen verstijfden.

Een lange, hoge schreeuw kwam uit zijn mond, gedempt door zijn eigen vlees tegen zijn mond gedrukt.

Ze waren allebei uitgeput en Conan trok zich zachtjes terug, rolde op zijn rug terwijl zijn borst zweefde en voelde de koude satijnen lakens tegen het vocht van zijn huid.

Het moet veeleisend zijn geweest, maar hij ging de uitdaging graag aan...

Cassandra haalde een hand door haar haar en trok het van haar hoorns.

Ze had net haar adem ingehouden en genoot van het gevoel van de koele lucht op haar blote huid.

Hij wierp een blik op Conan, die terug glimlachte, zijn eigen huid gloeide van zijn recente inspanningen.

Voor haar was het heel anders.

Het was niet dat hij niet van seks hield; hij vond het net zo leuk als ieder ander, en maakte er gebruik van als hij de kans had om zich te amuseren.

Maar in zekere zin was het dat ook: hij kreeg die kans vaak niet eens en kon zijn verlangens meer dan beheersen.

Tijdens één missie was ze gefocust op het doelwit en had ze het de rest van de tijd over het algemeen te druk om te voorkomen dat anderen zich op zichzelf concentreerden.

Hoewel de missie nu voorbij was en ze echt niet wilde nadenken over wat dit betekende of wat de toekomst zou brengen, was haar reactie op Conan toen hij haar kuste net zo onverwacht voor haar geweest als het had geleken. voor hem.

Hij was een knappe man, dat kon ze niet ontkennen.

Maar normaal gesproken zou ze hem gewoon hebben geslagen, weggelopen en later in haar eentje spijt hebben gehad.

En het feit dat hij niet ontmoedigd leek door zijn aard was verrassend.

Ze twijfelde er niet aan dat ze zelfs in een andere situatie waarschijnlijk seks met hem wilde hebben.

Maar om zo snel op zijn bewegingen te reageren, moest ze instinctiever handelen dan haar gebruikelijke bedachtzame en berekenende denkprocessen.

Ik was ongetwijfeld blij dat ik dat gedaan had.

Conan was de beste minnaar gebleken die ze ooit had gehad... ongetwijfeld.

Het was geen lange lijst, maar toch...

Als hij was vertrokken, zou hij er later spijt van hebben gehad, zelfs zonder te weten hoe goed het zou zijn.

Maar waarom deed ze dat niet?

Muriela, het moest Muriela zijn.

Conan had beweerd dat de godin van de liefde haar had gered en ze had geen reden om daaraan te twijfelen.

Het ging tenslotte met alles wat er was gebeurd.

Op de een of andere manier had de magische omhelzing van de godin haar gebruikelijke remmingen weggenomen en haar een kans gegeven die ze normaal niet zou hebben gehad.

Hij had nooit veel aan Muriela gedacht.

Om eerlijk te zijn, aanbad ze geen van de goden en beschouwde ze ze op zijn best als irrelevant voor haar leven en voor het grootste deel als actief vijandig tegenover haar eigen bestaan.

Maar hij zag bijvoorbeeld de voordelen van de God van Kennis, en zelfs Ymir had duidelijk relevantie, ook al was hij gewoon een vijand van zijn soort.

Maar Muriela... wat was haar doel?

Ze had geen liefde nodig en ze had het absoluut niet gezien.

Het was een afleiding, een bron van zwakte die geen deel uitmaakte van de harde wereld waarin zelfs de meeste andere goden leken te leven.

Blijkbaar had hij echter net Cassandra's leven gered en haar nog een kans gegeven.

De kans om van het leven te genieten.

Ze vroeg zich even af of Muriela ook haar reacties op seks met Conan had beïnvloed, maar besloot dat dit waarschijnlijk niet zo was.

Het warme gevoel dat na haar vrijlating was achtergebleven, had haar in een ongewone stemming gebracht, dat was het enige dat haar bevrijdde van haar gebruikelijke terughoudendheid en haar in staat stelde dichter bij iemand te komen dan ze normaal zou hebben gedaan.

De seks was geweldig geweest, maar ze was er zeker van dat het hoe dan ook net zo goed zou zijn geweest.

Alleen al de wetenschap dat Conan haar niet mocht om wie ze was, en dat ze geen obsessie voor boze demonen had, was genoeg om haar opschudding te brengen.

Ze voelde zich eigenlijk een tijdje een echte, normale vrouw.

De manier waarop hij haar had aangeraakt, gekust... dat was helemaal nieuw voor haar.

Ze moest toegeven dat het de beste seks was die ze ooit in haar leven had gehad.

Ze merkte dat terwijl ze over de situatie nadacht, haar rechterhand tussen haar benen was geglipt en verstrooid was gestreeld.

Haar kut tintelde van behoefte en ze voelde haar tepels hard worden in de koele lucht van de kamer.

Verdomme, ze was nog steeds geil.

Gezien de kracht van het orgasme dat ze enkele minuten eerder had gevoeld, was dit een beetje een verrassing.

Maar het was ook opwindend en Cassandra was absoluut niet van plan het verlangen dat in haar maag terugkeerde te negeren.

De halve demon rolde op zijn zij, stak zijn hand uit naar het lichaam van zijn partner en streelde zijn platte buik.

Hij hield zijn hoofd opzij, lag nog steeds op zijn rug en schonk haar nog een glimlach die ze als liefdevol kon interpreteren.

Eigenlijk leek hij het leuk te vinden.

Het was zo'n ongewone ervaring dat ze niet wist hoe ze moest reageren.

Toen bewoog ze haar hand dieper naar zijn kruis.

Ze liet haar vingertoppen met ongewone tederheid door de lichte wirwar van schaamhaar glijden en streelde zijn pik, die nog een beetje vochtig was van haar sappen.

Hij was, merkte hij, nogal slap en leek op dit moment niet op zijn diensten te reageren.

Ze probeerde de teleurstelling op haar gezicht te vermijden, maar ze faalde duidelijk, want het volgende wat hij zei was:

'Nogmaals? Zo snel?'

Ze knikte sprakeloos.

'Je moet nog even wachten,' zei hij en glimlachte toen naar haar, 'maar ik denk niet lang meer.'

Hij gromde gefrustreerd, rolde op zijn rug en staarde naar het gordijn dat de bovenkant van het hemelbed bedekte.

'Aan de andere kant,' zei hij haastig, 'kan ik vast wel iets doen terwijl we wachten.'

Hij stond op een elleboog, boog zich over haar heen en drukte zijn lippen op haar blootliggende nek.

Normaal zou ze terugdeinzen of springen als iemand zo'n kwetsbaar gebied had benaderd, maar op dit moment voelde ze zich goed en zuchtte ze lichtjes van plezier terwijl het over haar borstbeen bewoog.

Conans kussen bewogen zich naar de bovenkant van haar decolleté en bewogen toen naar de zachte zwelling van haar rechterborst.

Zijn vrije hand gleed over zijn ribben en op zijn borst aan de andere kant.

Cassandra voelde haar tepels nog meer samentrekken van verwachting en haar adem stokte in haar mond.

Hand en mond reikten tegelijkertijd naar hun respectievelijke borsten.

De tong van de krijger streelde haar rechtertepel terwijl hij de linker met zijn duim en wijsvinger vastpakte en er zachtjes over wreef.

Cassandra bewoog haar benen tegen de lakens en kneep haar dijen samen terwijl ze een hand ophief om door haar haar te gaan en de kleine puntjes van haar oren te volgen.

Hij zoog en kneep en Cassandra moest op haar lip bijten om niet te huilen.

Sterke tekenen van opwinding waren niet haar stijl, maar toen hij haar begon terug te trekken, zoals hij eerder had gedaan, wist ze niet zeker of ze het nog een tweede keer aankon.

Conan liet haar borsten los, maar om dieper te gaan, gleed zijn lippen en tong tegen haar buik.

Nu ademde ze zwaar en sloot haar ogen om te kalmeren.

Ze voelde hem dieper bewegen, een hand streelde nu een opgetrokken dijbeen en het haar op zijn heuvel streek langs haar mond.

Ze spreidde haar benen een beetje en vroeg zich af of hij net zo goed was met zijn vingers als met zijn pik. Zijn zachte lippen drukten tegen haar meest intieme delen.

Daarna, in plaats van zijn vinger af te likken, likte hij langzaam zijn tong over de lengte van haar kutje, haar vurige, gretige plooien nauwelijks van elkaar scheidend.

Ze wist natuurlijk van het feit, maar had het nog nooit persoonlijk gezien.

Maar natuurlijk had nog nooit iemand haar zoveel aandacht geschonken.

Ze klemde haar tanden op elkaar toen een kreun haar keel dreigde te verlaten terwijl Conan zijn tong naar beneden duwde en haar sappen likte.

Haar ogen gingen open, ze keek naar beneden en zag dat zijn hoofd tegen haar kruis werd gedrukt, zijn tong haar betastte en haar naar nieuwe hoogten leidde.

Cassandra greep haar borsten met beide handen vast en kneep in haar tepels terwijl ze haar benen zo wijd mogelijk spreidde.

Conan greep haar klit en de aanraking van zijn tong beet op haar lip terwijl hij gromde van lust.

Ze drukte haar lippen tegen zijn gezicht terwijl ze hem leuk bleef vinden, en ze voelde de satijnen lakens tegen haar billen glijden.

Haar pik kromp ineen bij het gevoel en ze liet een van haar borsten los om haar hand tegen de achterkant van het hoofd van haar minnaar te drukken en hem te leiden.

'O verdomme...' fluisterde ze.

Hij begon nu bijna te geloven in de kracht van de Godin, het voelde zo goed.

Ze was er zeker van dat de krijger-avonturier haar alleen met zijn tong had kunnen bereiken, maar het leek alsof hij andere ideeën had.

Na een eeuwigheid van onverdund genot trok ze zich terug en stapte naast hem om een kus op haar lippen te drukken.

Cassandra greep zijn kruis en vond het daar beneden moeilijker.

Ze greep zijn schouder in haar andere hand, kuste hem hard op de mond en drukte haar lichaam stevig tegen het hare.

Toen hij zich eindelijk terugtrok om adem te halen, zag ze twee rode vlekken op zijn voorhoofd waar hun stompe kleine horens zich in hem hadden geboord.

Ze had het gemarkeerd en ze vond het idee ervan.

Ze liet haar handen over zijn borstkas glijden, haar haar was ruw op haar vingers en hij streelde zachtjes een van haar tepels.

Ze streek met haar hand over zijn pik terwijl hij een hand op haar heup legde en zijn ronde bilspier streelde.

"Nog steeds uitgeput?" grapte ze.

"Niet echt meer."

"Niet eens een klein beetje?"

"Oke ..."

'Ga dan maar liggen,' beval hij, 'want ik ben allerminst.'

Ze gaf hem een harde duw en hij draaide de deken om zodat het rode satijn om haar benen wikkelde.

Toen sprong ze bovenop hem, haar dijen spreidden zijn heupen, haar ballen nestelden zich tegen zijn heuvel.

Ze gromde, wetende dat er nog steeds demonenbloed door haar aderen stroomde.

Hij liet zijn handen over haar bovenlichaam glijden.

"Wil je weer een halve demon neuken?" Ze vroeg: "Wil je iemand neuken met demonenbloed?"

Hij gromde opnieuw, langer deze keer, in een poging dreigend te klinken, terwijl het eigenlijk meer spinnen was.

Conans gezicht zag er verrukt uit, zijn ogen waren op de hare gericht, zijn mond een beetje open en ze hoorde zijn luide ademhaling.

Ze reikte naar beneden en vond hem nog harder toen hij zijn pik tegen haar binnenkant van haar dij wreef.

Cassandra stond op met haar benen uit elkaar en drukte het puntje van zijn erectie tegen haar kutje.

"Ik wacht op een 'ja,'" zei ze met een speelse grom.

"Ja!" zei hij haastig: "absoluut ja!"

Ze drukte zich bovenop hem en voelde zijn harde pik in haar zinken, en ze moest haar lippen stevig op elkaar drukken om niet in wilde overgave te gaan schreeuwen.

Hoewel ze niet kon voorkomen dat er een gedempt gekreun uit haar keel opsteeg, luid genoeg zodat hij het kon horen.

Conan had het groot, groter dan iedereen die hij ooit had ontmoet.

Het was echter niet ongemakkelijk, en de waarheid is dat ze zo perfect mogelijk leken te passen voor twee personen.

Hij vulde haar, spreidde zijn lippen, zijn prachtige pik duwde diep in haar kutje terwijl ze haar heupen zoveel mogelijk op hem duwde en zijn ballen tegen haar billen drukte.

Ze greep zijn borst vast om zich te stabiliseren, en haar dijen en heupen begonnen hem te berijden terwijl ze hem verder bereed.

Zijn pik ging in en uit en ze hoefde hem niet te vragen om sneller of harder te gaan omdat ze alle bewegingen onder controle had.

Tot zijn latere verbazing begon ze er langzaam van te genieten en reed tot zijn staart bijna afpelde.

Toen drukte ze op hem terug en ging langzaam naar binnen.

Hij voelde zich echt geweldig, nam gewoon de tijd en beiden snakten van plezier, hun ogen wijd opengesperd, en dronken elke centimeter van hun naakte, opgewonden lichamen.

Ze begon het tempo op te voeren en voelde zijn heupen tegen de hare drukken toen hij haar ritme vond en zichzelf dwong dieper in haar te graven.

De sensaties die haar lichaam overspoelden waren ongelooflijk, elke centimeter van haar opwinding was gevuld met passie.

Hij greep haar kont dicht bij haar pik en het kon haar niet schelen, ze wilde hem gewoon keer op keer neuken, ze wilde zijn pik verder in haar duwen.

Zijn andere hand greep een van haar borsten, greep die eerst vast en kneep toen in de tepel.

Ze kreunde onwillekeurig van plezier en greep hem zo stevig als ze kon en begon nog sneller dan voorheen tegen hem aan te bewegen.

Cassandra sloot haar ogen en vond het genot bijna ondraaglijk. Haar mond was stevig dichtgeknepen om de verlatenheid te bevatten waaraan ze zich zo sterk had overgegeven.

Zijn billen sloegen tegen zijn vlees, zijn staart sloeg keer op keer tegen haar, zijn hand kneep in een borst die plotseling gevoelig was voor elke aanraking.

Wat de hel... het kon hem niet schelen!

Cassandra kreunde diep hartstochtelijk en verbaasd over het volume.

Toch drukte ze hem harder dan ooit tevoren.

Ze kreunde, vloekte, schreeuwde keer op keer en gaf elke sensatie volledige controle.

Hij deed hetzelfde, maar ze kon hem nauwelijks horen en ze wist dat het zo niet lang meer kon duren.

"Oh verdomme..." riep hij, "oh damn ... oh, godin ...", het was de eerste keer in zijn leven dat hij deze woorden gebruikte, "verdomme ... Agghhh! ... ja, ja ... verdomme ... JA!"

Het voelde als een explosie.

Er kwam een schreeuw uit haar mond toen ze voor de tweede keer die dag een hoogtepunt bereikte.

Cassandra huilde bijna van blijdschap toen Conan hetzelfde deed, haar pompte en haar opnieuw vulde met zijn sappen terwijl zijn schreeuw zich vermengde met de hare.

Ze bleef een paar ogenblikken bovenop hem, verbluft door de intensiteit, door haar eigen toewijding aan de passie.

Ze was rood, warm en doorweekt van het zweet.

Toen gingen haar borsten omhoog toen ze zich van hem losmaakte en naast hem op het bed neerzakte.

Conan probeerde iets te zeggen, maar kon niet genoeg adem vinden om het te doen.

Ze zwaaide minachtend naar hem, evenmin in staat om te praten, en liet haar pijnlijke lichaam ontspannen tegen het bed liggen.

Deze keer moest zelfs zij rusten.

Tenminste voor even.

* * *

Conan knielde op het bed, zijn handen grepen Cassandra's middel terwijl ze op handen en voeten voor hem hurkte, haar handen grepen de lakens die al bevlekt waren met de vruchten van haar passie.

Hij vermoedde dat Gedren lang had geprobeerd ze schoon te houden, aangezien satijn niet ideaal was voor dergelijke doeleinden, hoe goed het ook op de huid aanvoelde.

Nou, Gedren, of liever de ongrijpbare meid.

Langzaam maar stevig bewoog het in en uit de gretige kut van de halfdemon.

De lakens bundelden zich onder haar knieën en schoven met de kracht van hun onderlinge beweging tegen de matras.

Haar borsten zwaaiden op het ritme van het kleine gegrom van plezier dat ze uitte terwijl het in haar bewoog.

Ze waren wakker geworden en ontdekten de zonsondergang en de manen rezen hoog in de lucht, waardoor de kamer werd overspoeld met meer dan genoeg licht om elkaar te zien.

Bijna onmiddellijk waren hun handen op elkaar, genietend van elke plooi, elke ronding van het andere gewillige lichaam.

Nu was hij daar, nam haar van achteren met minder urgentie dan voorheen, maar nog steeds overweldigd door passie, nog steeds opgewonden door het gevoel van haar lichaam tegen het zijne, haar kutje overspoelde zijn pik.

Hij twijfelde er niet meer aan dat Muriela tussenbeide kwam en hen beiden een beloning gaf voor hun goede werk.

Het was lang geleden dat ze zich jong genoeg voelde om in zo'n korte tijd drie keer seks te hebben.

Toch was hij nu net zo gretig en klaar als hij in het begin was geweest, en zij was duidelijk hetzelfde.

Hoe lang is het geleden dat je zelfs wakker werd?

De manen waren opmerkelijk aan de hemel gestegen, en toch bleven beiden overweldigd door verlangen.

Maar deze keer genoten ze gewoon van de ervaring en wilden ze niet per se nog een climax bereiken.

Hij herinnerde zich de tijd dat hij bij Arwen was geweest en de spreuk die ze had gebruikt. het was zoiets, maar het voelde natuurlijk aan, hoewel hij logischerwijs wist dat beide inmiddels uitgeput zouden zijn.

Cassandra draaide haar hoofd naar hem toe en keek over haar schouder om adem te fluisteren.

Niet dat hij die nodig had.

Haar dijen drukten tegen de zijne, haar billen pompten tegen zijn heupen terwijl hij doorging met zijn acties.

Hij bewoog zijn hand naar achteren om over de basis van haar kleine pik te wrijven, waardoor hij schokte en een nieuwe kreun van zijn minnaar overhaalde.

Het leek een eeuwigheid later toen hij eindelijk met pensioen ging, geen van hen was uitgeput.

Ze verschoof op het bed en lag in zijn armen toen hij op haar dijen viel.

Ze kusten voor de honderdste keer... en misschien was het dat ook.

Zijn handen dwaalden over het lichaam van de ander, hij streelde haar borsten, schouders, kont en dijen en die van haar schijnbaar overal tegelijk.

Cassandra boog haar hoofd en het regende kussen op haar neus en voorhoofd toen zijn handen haar buik en billen begonnen te verkennen.

Ze boog zich naar beneden, haar haar viel in de war bij haar lippen, boog zich toen voorover om zijn borst te kussen, likte zijn tepels en zakte toen naar zijn navel.

Conan zuchtte van verrukking toen de halfgod haar lippen om zijn pik wikkelde.

Eigenlijk dacht hij niet dat ze dat zou doen, ze leek me niet het type.

Maar als dat niet zo was, leerde ze het snel en hij snakte naar adem toen ze hem verder naar binnen duwde. Haar tong wikkelde zich om hem heen en haar horens tegen zijn zij gedrukt.

Hij haalde een hand door zijn haar en hield haar hoofd vast terwijl ze bleef zogen.

Het brak te snel uit en hapte naar lucht. Een spoor van haar speeksel viel op de sprei.

Ze kusten elkaar weer hard, hun eigen smaak in haar mond, en ze moet haar eigen smaak vast wel eens eerder hebben opgemerkt.

Cassandra lag op haar rug, het maanlicht wierp zijn schaduw over haar lichaam, haar benen gespreid.

Nog steeds op zijn knieën kroop hij naar haar toe en pakte een sportief, gespierd been op.

Hij leunde naar voren, blies koele lucht over haar vochtige kruis, ging rechtop staan en rolde haar op haar zij met één been omhoog.

Hij ging haar weer binnen en de halve demon kreunde van voldoening.

Vanuit deze hoek kon hij diep doordringen, maar hij hield zijn bewegingen langzaam en traag, wetende dat geen van beiden wilde dat dit snel zou eindigen.

De kamer was gevuld met hun gehijg, hun verrassend lage gekreun en de zachte klap van vlees op vlees.

Cassandra hief een arm boven haar hoofd en streek haar haar naar achteren terwijl haar heupen tegen de zijne bleven bewegen.

Haar geschreeuw was woordeloos toen hij zijn hand bewoog om haar lichaam te strelen. Hij zag haar borsten bewegen terwijl het maanlicht op haar huid spatte.

Eindelijk liet hij haar los en ze kusten elkaar opnieuw, lichamen strak, beiden knielend.

Hij ging met zijn hand door haar haar en wiegde haar wang terwijl hij in haar ogen keek.

'Het is tijd,' fluisterde ze met schorre stem.

"De tijd?"

'Om hier een einde aan te maken. Zodat we onze eigen weg kunnen gaan. Zoals je weet, moeten we.'

Hij knikte, het was een geweldige ervaring geweest, maar beiden wisten dat het niet eeuwig kon doorgaan.

Ze zouden de herinnering altijd in hun hoofd houden, hoe konden ze die vergeten, maar hij wist dat het niet blijvend kon zijn.

Uiteindelijk waren ze te verschillend om meer te doen, twee vreemden kwamen in de nacht met elkaar in botsing.

Cassandra bewoog zich tegen hem aan, haar armen nog steeds om zijn rug, bewoog haar heupen omhoog en gleed toen terug op zijn schoot zodat hij haar weer kon spietsen.

Ze hapte naar adem en fluisterde tegen hem terwijl ze op en neer gleed.

Conan bad in stilte tot de godin en bedankte haar met elke vezel van zijn wezen voor de ervaring van vanavond, voor alles wat ze de afgelopen weken voor hem had gedaan.

Hij herinnerde zich ze allemaal en bood Muriela in haar smeekbede de naam van elk aan.

Livia Jehnna Astrid Alatáriel Tamira Ghita Armati Xina Arwen Estari Eloise Freya Belit

En vooral nu: Cassandra.

Haar lichaam was glibberig tegen het zijne, haar rug glad tegen zijn handen, haar borsten gleed tegen zijn borst, haar dijen klemden zijn heupen op elkaar.

Hij bespeelde de staart opnieuw met de top van een vinger en voelde hem als reactie bewegen.

Haar heupen drukten tegen de zijne, haar gekreun versnelde terwijl ze elkaar omhelsden, ogen dicht en perfect synchroon ademen.

Conan drukte zijn lippen tegen het oor van zijn geliefde en fluisterde haar naam.

Seconden later slaakte hij een lange, woordeloze kreun toen hij haar voor de derde en laatste keer penetreerde.

Cassandra draaide zich tegen hem aan en schreeuwde keer op keer terwijl ze werd weggevaagd door een schijnbaar ongelooflijk, allesverslindend meervoudig orgasme.

En toen was het gelukkig allemaal voorbij.

* * *

Enkele jaren later.

Cassandra leunde achterover op de handdoek als een geïmproviseerde matras en liet een hand achter haar in het hete zand glijden.

Hij keek over het strand en staarde naar de eenzame witte wolk aan de horizon, lui zwevend tegen het schitterende blauw van de lucht.

De zon scheen op haar en verwarmde haar blote armen en benen. De lange rand van haar hoed beschermde haar gezicht tegen de gloed.

Ze was ver naar het noorden gekomen, weg van het stof en de leegte van Tarantia, de geplaveide straten en marmeren koepels die haar niets te bieden hadden.

Hier op het eiland had hij mensen ontmoet die zijn uiterlijk aanbaden als een teken van goddelijke genade in plaats van als een afschuwelijke mutatie.

Op de een of andere manier was ze nu hun leider, hoewel ze weinig oordeelde en ze liever liet doen wat ze wilden.

Het had stroom, maar meestal was het niet echt nodig om het te gebruiken.

Hij had een huis vlakbij het strand... ja, een echt huis.

Het was een plek waar ik het gevoel had dat ik eindelijk die naam kon noemen.

Thuis.

Ze vonden haar mooi en zorgden voor al haar behoeften.

Heerlijk eten, lekker drinken, een opvallend zacht binnenveringsmatras.

Wie wil er nog meer?

De seks was ook best goed.

EINDE VAN DE SAGA

Milton Keynes UK
Ingram Content Group UK Ltd.
UKHW041823201024
449814UK00001B/83